La bibliothèque Gallimard

Source des illustrations
Couverture : Photo © Stuart Dee/Getty Images (détail).
AKG-images : 73. Bridgeman Giraudon : 99. Éditions Gallimard/J. Sassier : 33, 93. Hoaqui : 82. Opale : 69. Rapho/W. Ronis : 39. Rapho/S. Weiss : 47. RMN : 95.
Collection.

3 nouvelles contemporaines

Patrick Modiano
Marie NDiaye
Alain Spiess

Lecture accompagnée par
Françoise Spiess
agrégée de lettres

La bibliothèque Gallimard

Florilège

« Et par une coïncidence, comme il s'en produit quelquefois pour récompenser ceux qui cherchent vainement le tracé d'un chemin perdu, quatre feuillets de papier pelure étaient tombés bien plus tard entre mes mains. » (Patrick Modiano)

« Une enfant qui dort et quelqu'un qui veille sur elle, c'est quand même quelque chose, au milieu du vide. » (Patrick Modiano)

« Elle dut admettre qu'elle perdait la mémoire des détails et que ce genre d'oubli était de nature à la couper de toute relation susceptible de lui mettre le pied à l'étrier. » (Marie NDiaye)

« Il lui semblait que son squelette était lourd, infiniment lourd à porter. L'extrême maigreur n'était pas douce et immatérielle mais pesante, et le poids insensé des os ne diminuait pas en même temps que la chair fondait. » (Marie NDiaye)

« [...] ma mère disait, sur le ton de l'excuse, au moment où Anna m'essuyait le visage, *il a cessé de parler à la naissance de sa sœur.* » (Alain Spiess)

« Aujourd'hui je le sais, ce puzzle miniature aux innombrables pièces taillées dans l'ivoire est le jeu le plus difficile que j'aie jamais eu à faire. » (Alain Spiess)

Ouvertures

Ces trois nouvelles, différentes par leur thème et par leur approche de l'écriture, donnent à voir le monde d'aujourd'hui. Et ce qui se dessine là est un univers de solitude et de misère morale. Dans chaque cas, il s'agit d'enfants, de jeunes gens, seuls au monde, qui cherchent à donner un sens à leur vie, à reconstruire une identité perdue, à se retrouver eux-mêmes en explorant leurs souvenirs. Pourquoi ? se demandent-ils tous, pourquoi cette enfance brisée ?

Faire un choix

Donner à entendre l'écriture d'aujourd'hui à travers trois nouvelles était bien sûr un défi. Le choix a donc été particulièrement difficile. Pour tenter de cerner au plus près un certain nombre de caractéristiques de l'écriture contemporaine, nous avons éliminé des genres dans lesquels la nouvelle est pourtant très représentée : le policier, le fantastique, la science-fiction ont été volontairement laissés de côté, parce qu'ils relèvent de codes qui leur sont propres. On pourra les retrouver dans un autre recueil. Ici, il s'agissait de porter un regard sur des textes qui, en partant parfois de faits extrêmement banals de la vie quotidienne, proposent à la fois une lecture de notre temps et une lecture de l'âme humaine.

L'écriture de la nouvelle

Une écriture minimaliste

Les trois auteurs choisis pratiquent une écriture au scalpel, sans quête de l'esthétique, du « joli », mais avec une recherche du mot juste et de la musicalité de la phrase, qui envoûteront le lecteur.

Dans le texte de Patrick Modiano, l'écriture dévoile très peu de choses, n'est jamais explicative ; elle se contente d'effleurer, de suggérer, elle épouse les méandres du souvenir. Tout semble d'une extrême simplicité. Les notations psychologiques sont faites comme en passant :

> **Sa mère et Madeleine-Louis l'emmenaient à des séances d'essayages interminables, et, de la fenêtre, je regardais partir sur la neige du Cours Albert-Ier, le cabriolet de Sonia, capote noire rabattue. J'éprouvais un serrement au cœur.**

Dans ces deux phrases, il semble que ne soient relatés que des faits relativement insignifiants. En fait, à très petites touches, l'auteur met au jour, sans le dire explicitement, la cruauté des adultes, le désarroi de l'enfant, la délicatesse des sentiments qui lient le narrateur à la petite Bijou. Il suffit de deux adjectifs : « interminables » et « noire », pour qu'apparaisse la vie désolée de l'enfant. De même, la succession de deux phrases dont le rythme est opposé, une phrase longue en deux temps, qui relate la scène et montre celui qui la regarde, et une phrase très courte, suffit à livrer au lecteur, avec infiniment de pudeur, la douleur du narrateur.

Le Jour du président révèle une écriture d'une apparente simplicité, mais virevoltante, bouillonnante, presque aux antipodes de la précédente. Pourtant, là encore, Marie NDiaye n'use que de l'essentiel. Sans complaisance, elle cherche à désigner, plus que des individus peut-être, une société malade. Mais à travers cela le personnage surgit, écorché, bouleversant. Peu de choses sont dites, mais le choix des mots, leur juxtaposition parfois insolite, suffisent à créer des sensations. Ainsi « son état de somnolence pâteuse », par exemple, procure au lecteur un vague malaise, Olga s'immisce en lui avec ses troubles physiques un peu répugnants. Souvent la phrase court, s'envole, freinée de parenthèses ou de dialogues et crée ainsi la petite musique d'une adolescente perdue.

Dans le texte d'Alain Spiess, la petite musique est aussi bien audible, d'autant plus que la phrase s'enroule lentement, inexorablement, pour cerner au plus juste la solitude du narrateur. Les longues phrases suivent les méandres des souvenirs, et l'angoisse surgit, inattendue parce que rien n'est dit de la douleur ressentie, et cela la rend d'autant plus poignante. Là aussi une extrême pudeur empêche, retient tout pathos. Prenons l'exemple du début de la dernière phrase :

> **Je me dis que je savais déjà, au moment où ma sœur m'avait dit *tu seras bien ici,* qu'il allait me falloir vivre sans compagnie, caché à la vue des autres et, de fait, depuis la dernière visite de Vanessa, depuis la mort du docteur Sernin, j'ai passé toutes ces années sans voir personne, enfermé dans cette chambre du premier étage, comme j'avais été enfermé autrefois dans ma chambre de l'appartement de Paris, pour ne pas déranger Vanessa…**

On s'aperçoit qu'un tissage savant lie tous les épisodes tellement essentiels de la vie du narrateur qu'ils reviennent dans sa mémoire de manière obsessionnelle : son arrivée dans la maison de Passy, son enfermement, sa totale solitude depuis la mort du docteur Sernin, son exclusion à l'intérieur de la maison à cause de Vanessa… Cet entrelacement envoûtant, cette spirale qui entraîne le lecteur à sa suite, révèle, comme malgré lui, le drame de la vie du narrateur : la naissance de celle qui a définitivement pris sa place, sa sœur.

Chercher la distance

Dans les trois nouvelles, on l'a vu, rien n'est dit des sentiments et pourtant tout est révélé. Cela tient à la volonté commune des auteurs d'ignorer le pathos, d'installer une distanciation faite de retenue, de dignité, d'un humour décapant parfois, pour rendre compte de la misère du monde. Ainsi les descriptions comiques faites de Sonia ou de Madeleine-Louis, dans *La Seine*, les condamnent, mais excluent tout recours au pathétique lorsqu'il est question de leur inhumanité envers la petite Bijou. De même l'absence de notations psychologiques dans *Pourquoi ?*, ces informations simplement fournies sur la vie du narrateur, cette écriture de l'impassibilité obligent paradoxalement le lecteur à prendre parti, à se retourner sur la condition faite à ces êtres différents, à part, et que l'on préfère généralement ignorer, ou cacher. Dans la nouvelle de Marie NDiaye, la société contemporaine est passée au crible d'une ironie dévastatrice, sans aucune complaisance. Devant nous défilent les sans-domicile-fixe, sales, libidineux et racistes, les petits-bourgeois étriqués et contents d'eux, les plus grands bourgeois arrogants et stupides : personne n'est épargné, mais le regard, s'il est amusé et souvent cruel, n'est pourtant pas totalement dénué de bienveillance. L'horizon, qui pourrait sembler noir, laisse pourtant apparaître des solutions, certes quasi magiques, mais porteuses d'espoir.

De quelques thèmes communs

L'exclusion

L'exclusion est un thème commun aux trois nouvelles. Le narrateur de *Pourquoi ?* est exclu de sa famille qui a honte de lui parce qu'il ne parle pas et a un comportement parfois effrayant ; dans *Le Jour du président,* Olga s'est exclue du cercle dans lequel elle évolue en devenant anorexique et en fuyant l'école qui la destine à une vie qui lui fait horreur ; la petite Bijou, dans *La Seine*, est une enfant qu'on laisse sans amour et qui est donc exclue de l'enfance. Ces êtres semblent voués à la solitude. Il est intéressant de remarquer qu'il s'agit d'êtres jeunes, dont l'enfance a été brisée. Ces trois textes, dérangeants, dessinent les contours d'une société déchirée, incapable de se tourner vers ceux qui souffrent, seulement préoccupée de futilités ou de gloriole. Ainsi en est-il de la Sonia de Patrick Modiano, qui s'étourdit avec ses bruyants amis, au lieu de s'occuper de sa fille, et rêve d'être une actrice célèbre ; des deux adolescentes de Marie NDiaye, qui éprouvent le besoin d'approcher Chirac pour se prévaloir d'« une gloire locale » et qui ignorent leur colocataire qui dépérit ; de la Vanessa d'Alain Spiess, qui vole de concert en concert et oublie un jour définitivement d'aller voir son frère. Ces textes qui se penchent sur l'humanité souffrante n'épargnent guère cet univers de l'apparence et du mensonge : des faux baisers de Sonia qui n'atteignent pas sa fille parce qu'elle oublie de la regarder aux regards gênés des parents décrits dans *Pourquoi ?* en passant par la dentelle synthétique de la propriétaire, tout le monde triche ! Et une angoisse diffuse se déploie dans ces nouvelles qui, malgré leur humour, décrivent un monde sans repère et sans signification. Les héros déboussolés cherchent désespérément comment donner du sens à leur existence. La solution peut sembler dérisoire, en phase avec cette société qui se cherche : rencontrer Chirac ou construire un puzzle, ou être plus profonde : aimer une enfant perdue. La question n'en reste pas moins posée, terrifiante. Cette capacité à donner à voir crûment le monde, sans commentaire, est le propre des grandes œuvres.

Le rôle du souvenir

C'est sans doute parce qu'il est si difficile pour les héros de ces trois nouvelles d'exister que le souvenir est si présent. Le narrateur de *Pourquoi ?* cherche inlassablement à comprendre ce qui l'a condamné au mutisme et à l'enfermement en se remémorant ses souvenirs en boucle. Celui de *La Seine* cherche à éclairer sa propre vie à travers le rappel d'un épisode de sa jeunesse, à la fois heureux et douloureux. L'héroïne du *Jour du président* se souvient du moment où sa vie a basculé, lorsqu'elle est allée au Havre avec sa mère pour entrer à l'école de comptabilité. Pour ces trois personnages, le présent et l'avenir semblent tellement angoissants que le passé est sans cesse revisité, comme s'il pouvait livrer une vérité qui leur a échappé.

Des codes romanesques bousculés

Patrick Modiano joue avec les codes du roman policier pour mieux les détourner : l'intrigue reste sans réponse, la quête n'aboutit pas. Marie NDiaye flirte avec le roman fantastique mais c'est pour mieux s'en éloigner et pour, paradoxalement, mettre à vif la réalité. Alain Spiess s'empare du roman du XIXe siècle, mais le déconstruit, lui ôte toute intrigue, toute tentation psychologique, le fait pénétrer dans l'insupportable épaisseur du monde. Ces trois auteurs ne renient pas leurs prédécesseurs, mais transforment tous les codes romanesques qu'ils ont hérités.

La Seine

Patrick Modiano

À Boulogne, quai du Point-du-Jour, un rayon de soleil éclairait le pan de mur d'un petit immeuble où il était écrit en caractères bleus à moitié effacés : Blache. J'ai questionné le patron du café voisin. Ce Blache tenait un atelier de réparations de cycles au fond de la cour et il était mort depuis longtemps. Sa fille, elle, était partie très jeune vivre sa vie.

J'ai pensé à la « comtesse », la mère de Bijou. En fouillant dans un tiroir, Cours Albert-Ier, j'avais découvert une carte d'identité au nom de « Blache Odette ». Sur la photo, je reconnaissais bien la « comtesse ». Et par une coïncidence, comme il s'en produit quelquefois pour récompenser ceux qui cherchent vainement le tracé d'un chemin perdu, quatre feuillets de papier pelure étaient tombés bien plus tard entre mes mains grâce à la gentillesse d'un secrétaire de la Préfecture de Police auquel j'avais demandé, à tout hasard, s'il n'y avait rien, là-bas, au nom de « Blache ».

Les feuillets contenaient une liste de noms tapés à la machine : une rafle, faite de nuit dans des bastringues, du côté de la passerelle de Charenton, là où la Seine et la Marne se rejoignent.

Et parmi ces noms, j'ai lu : Blache, Odette, dix-huit ans, 23 *bis* quai du Point-du-Jour, Boulogne.

Le Cours Albert-Ier. Et l'ancien atelier de ce Blache à Boulogne sur le quai. En aval du fleuve, l'île de Puteaux, près de laquelle la grosse Madeleine-Louis avait amarré sa péniche. Et de l'autre côté, à l'est, la passerelle de Charenton.

La Seine passe par tous ces endroits, la Seine couleur des yeux de Bijou…

*

Je fréquentais alors un cours d'art dramatique. De tous les élèves de ce Cours Marivaux, aucun n'a fait carrière dans le spectacle, sauf le gros que nous appelions « Bouboule ». On le voit souvent à la télévision et sur les scènes des théâtres. Il ne lui reste plus beaucoup de cheveux mais son visage n'a pas changé : le même Bouboule que celui que j'ai connu.

C'est toujours sur un fond d'hiver et de nuit que je me souviens du Cours Marivaux. J'avais dix-huit ans et j'assistais trois fois par semaine aux « séances d'ensemble », selon l'expression de notre professeur, une ancienne sociétaire de la Comédie-Française, qui avait décidé, au terme d'une carrière de tragédienne et de grande amoureuse, de dépenser son énergie et d'assouvir un goût resté vif des contacts humains en créant, dans son rez-de-chaussée proche de l'Étoile, le Cours Marivaux, « antichambre du théâtre et du cinéma, du music-hall et du cabaret », comme l'annonçait le prospectus.

Sur ce fond d'hiver et de nuit je revois nos « séances d'ensemble », de vingt heures à vingt-deux heures trente.

À la sortie du cours, nous bavardions un peu avant de nous perdre, Bouboule, moi et les autres, dans le black-out. J'ai de la peine à me rappeler leurs noms et leurs visages à tous. Seuls demeurent dans ma mémoire, Bouboule et Sonia O'Dauyé.

Elle fut la vedette du Cours Marivaux. Elle n'avait participé que deux ou trois fois aux « séances d'ensemble » car elle prenait des cours particuliers avec notre professeur, luxe qu'aucun de nous ne pouvait se permettre. Une blonde au visage étroit et aux yeux très clairs. Tout de suite, elle nous intrigua. Elle avait certainement quelques années de plus que nous. Elle disait appartenir à une famille de l'aristocratie polonaise et à notre grande surprise, elle n'était pas au Cours depuis un mois que l'on parlait d'elle dans les deux ou trois magazines de ce temps-là. Elle ferait prochainement – disait-on – « ses débuts au théâtre ».

Notre professeur nous répondait de manière évasive quand nous lui posions des questions au sujet des « débuts » prometteurs de la « comtesse » – ainsi l'avions-nous surnommée. Mais Bouboule, plus dégourdi que nous autres et qui fréquentait déjà le monde des coulisses, des studios et celui des boîtes de nuit, nous expliqua que la « comtesse » habitait Cours Albert-Ier un somptueux appartement. Bouboule flairait quelque chose de louche là-dedans : À coup sûr, on entretenait la « comtesse »... Sinon, d'où venait l'argent que la « comtesse » dépensait à profusion chez les couturiers et les bijoutiers ? D'après Bouboule, elle réservait des tables d'une dizaine de couverts à la Tour d'Argent, invitait un peu n'importe qui, offrait des cadeaux, et certains n'y résistaient pas. Lui, Bouboule, aurait bien aimé faire partie de la bande de la « comtesse ».

Mais tout cela ne compterait guère plus aujourd'hui

qu'une couronne de fleurs fanées, sur le couvercle d'une poubelle, s'il n'y avait pas eu la petite Bijou.

Je l'ai connue le jour du concours annuel. Notre professeur avait aménagé une scène de théâtre dans la pièce la plus spacieuse et la plus haute de son appartement et parmi une cinquantaine de spectateurs, un jury siégeait, composé de quelques personnalités du monde des arts et du spectacle.

J'étais un élève de trop fraîche date pour participer à cette cérémonie et par timidité, je ne me rendis rue Beaujon qu'après le concours. Dans la « salle de théâtre », Bouboule et quelques camarades poursuivaient une discussion animée.

– C'est la « comtesse » qui a eu le premier prix de tragédie, me dit Bouboule. Moi, ils m'ont donné un accessit de music-hall.

Je le félicitai.

– Elle avait choisi la scène de la mort de *La Dame aux camélias,* mais elle ne savait pas son texte.

Il se pencha vers moi.

– Tout ça était arrangé depuis le début… Des combines, mon vieux… La « comtesse » a dû distribuer des enveloppes au jury et à Mme Sans-Gêne…

Mme Sans-Gêne, c'était notre professeur. Elle avait brillé dans ce rôle, jadis.

– Figure-toi que des photographes sont venus spécialement pour la « comtesse ». Elle s'est fait interviewer… Une vedette quoi… Elle a dû tous les payer très cher…

C'est alors que je remarquai, tout au fond de la salle, sur l'un des sièges de velours rouge, une petite fille endormie.

– Qui est-ce ? demandai-je à Bouboule.

– La fille de la « comtesse »… Elle n'a pas l'air de s'en

occuper beaucoup… Elle me l'a confiée pour l'après-midi… Seulement, moi, ça ne m'arrange pas… Je dois passer une audition… Tu ne voudrais pas t'en occuper, toi ?

– Si tu veux.

– Tu la balades un peu et tu la ramènes chez la « comtesse », 24, Cours Albert-Ier.

– D'accord.

– Je file. Tu te rends compte ? On va peut-être m'engager dans un cabaret…

Il était très agité et suait à grosses gouttes.

– Bonne chance, Bouboule.

Il ne restait plus dans la salle de théâtre que cette petite fille endormie et moi. Je m'approchai d'elle. Sa joue était appuyée au dossier du fauteuil, sa main gauche sur son épaule et le bras replié contre sa poitrine. Les cheveux blonds et bouclés, elle portait un manteau bleu pâle et de grosses chaussures marron. Elle avait six ou sept ans.

Je lui ai tapé doucement sur l'épaule. Elle a ouvert les yeux.

Des yeux clairs, presque gris, comme ceux de la « comtesse ».

– Il faut qu'on aille se promener.

Elle m'a considéré d'un air étonné et puis elle s'est levée. Je lui ai pris la main et nous sommes sortis tous les deux du Cours Marivaux.

En suivant l'avenue Hoche, nous étions arrivés devant les grilles du parc Monceau.

– Tu veux qu'on se promène là ?

– Oui.

Elle hochait la tête, docile.

Vers la gauche, du côté du boulevard, il y avait des balançoires aux peintures écaillées, un vieux toboggan et un bac à sable en ciment.

– Tu veux jouer ?

– Oui.

Personne. Aucun enfant. Le ciel était bas et d'une blancheur d'ouate comme s'il allait neiger. Deux ou trois fois, elle a glissé sur le toboggan et elle m'a demandé d'une voix timide de l'aider à monter sur la balançoire. Elle ne pesait pas bien lourd. Je poussais la balançoire et elle se tenait assise, très raide. De temps en temps, elle me regardait.

– Tu t'appelles comment ?

– Martine, mais ma maman m'appelle « Bijou ».

Une pelle traînait dans le bac à sable et elle a commencé à faire des pâtés. Assis sur le banc, tout près, j'ai constaté que ses chaussettes étaient de taille et de couleur différentes, l'une vert foncé jusqu'au genou, l'autre bleue dépassant de quelques centimètres de la chaussure marron aux lacets dénoués. La « comtesse » l'avait-elle habillée ce jour-là ?

J'ai craint qu'elle ne prenne froid dans le sable et après lui avoir lacé sa chaussure, je l'ai entraînée de l'autre côté du parc. Quelques enfants tournaient sur les chevaux du manège. Elle a choisi de s'asseoir dans l'un des cygnes de bois et le manège s'est ébranlé en crissant. Chaque fois qu'elle passait devant moi, elle levait le bras comme pour me saluer, un sourire presque imperceptible aux lèvres, sa main gauche serrant le col du cygne.

Au bout de cinq tours, je lui ai dit que sa maman l'attendait et que nous devions prendre le métro.

– J'aimerais bien rentrer à pied.

– Si tu veux.

Je n'osais pas le lui refuser. Je n'avais pas encore l'âge d'être son père.

Nous avons rejoint la Seine par la rue de Monceau et l'avenue George-V. C'était l'heure où les façades des immeubles se détachaient encore sur le ciel un peu plus clair, mais bientôt tout se confondrait dans le noir. Il fallait se presser. Comme chaque soir, à cet instant-là, je me laissais envahir par une angoisse diffuse. Elle aussi, puisque je sentais la pression de sa main dans la mienne.

Sur le palier de l'appartement, j'entendais des murmures de conversation et des rires. Une femme brune d'une cinquantaine d'années, aux cheveux courts et au visage carré et énergique de bull-terrier est venue nous ouvrir. Elle m'a jeté un œil soupçonneux.

– Bonjour, Madeleine-Louis, a dit la petite.

– Bonjour, Bijou.

– Je ramène… Bijou, ai-je dit.

– Entrez.

Dans le vestibule, des bouquets de fleurs étaient posés à même le sol, et je distinguais, au fond, par la double porte entrouverte du salon, des groupes de gens.

– Un instant… J'appelle Sonia, m'a dit la femme au visage de bull-terrier.

Nous attendions tous les deux, la petite et moi, parmi les bouquets de fleurs qui jonchaient le vestibule.

– Il y en a des fleurs…, ai-je dit.

– C'est pour maman.

La « comtesse » est apparue, blonde et rayonnante, dans un tailleur de velours noir aux épaules incrustées de jais.

– C'est gentil de ramener Bijou.

– Voyons… La moindre des choses… Je vous félicite… pour votre premier prix.

– Merci… Merci…

J'étais mal à l'aise. J'avais envie de quitter tout de suite cet appartement.

Elle se tournait vers sa fille.

– Bijou, c'est un grand jour pour ta maman, tu sais…

La petite fixait sur elle des yeux démesurément agrandis. De l'étonnement ou de la peur ?

– Bijou, maman a reçu une belle récompense aujourd'hui… Il faut que tu embrasses ta maman…

Mais comme elle ne se penchait pas vers sa fille, celle-ci essayait vainement de l'embrasser en se dressant sur la pointe des pieds. La « comtesse » ne s'en apercevait même pas. Elle contemplait les bouquets, par terre.

– Bijou, tu te rends compte… Toutes ces fleurs… Il y en a tellement que je ne peux pas les mettre dans des vases… Je dois rejoindre mes amis… Et les emmener dîner… Je rentrerai très tard… Est-ce que vous pourriez garder Bijou cette nuit ?

Au ton de sa voix, cela ne faisait aucun doute pour elle.

– Si vous voulez, ai-je dit.

– On vous préparera un dîner. Et vous pourrez dormir ici.

Je n'ai pas eu le temps de répondre. Elle se penchait vers Bijou.

– Bonsoir, Bijou chérie… Je dois aller voir mes amis… Pense très fort à ta maman…

Elle lui donna un baiser furtif sur le front.

– Et encore merci à vous, monsieur…

D'une démarche souple, elle rejoignait les autres, là-bas, au salon. Dans le bourdonnement des conversations, je crus reconnaître l'éclat, très aigu, de son rire.

Peu à peu, leurs voix se sont éteintes à mesure qu'ils descendaient l'escalier et je me suis retrouvé seul avec Bijou. Elle m'a guidé jusqu'à la salle à manger et nous nous sommes assis l'un en face de l'autre à une table longue et rectangulaire veinée de faux marbre. Mon siège était une chaise de jardin qu'éclaboussaient des taches de rouille, et celui de Bijou un tabouret rehaussé d'un coussin de velours. Pas d'autres meubles dans cette pièce. La lumière tombait sur nous d'une applique aux ampoules nues.

Un cuisinier chinois nous a servi le dîner.

– Il est gentil ? ai-je demandé à Bijou.

– Oui.

– Comment s'appelle-t-il ?

– Tioung.

Elle mangeait son potage avec application, le buste raide.

Elle est restée silencieuse pendant tout le repas.

– Est-ce que je peux me lever de table ?

– Tu peux.

Ellc m'a entraîné jusqu'à sa chambre, une pièce aux boiseries bleues. Pour seuls meubles, un lit d'enfant et, entre les deux fenêtres, une table ronde recouverte d'une nappe de satin sur laquelle était disposée une lampe.

Elle s'est glissée dans un cabinet de toilette contigu et je l'entendais se brosser les dents. À son retour elle portait une chemise de nuit blanche.

– Est-ce que vous pourriez me chercher un verre d'eau, s'il vous plaît ?

Elle avait dit cette phrase très vite, comme si elle s'en excusait à l'avance.

– Bien sûr.

J'ai erré à la recherche de la cuisine en m'aidant d'une

torche électrique que m'avait tendue Bijou. Je l'imaginais, cette torche trop lourde pour elle à la main, seule, la nuit, au milieu d'ombres qui la terrifiaient. La plupart des pièces étaient vides. Au passage, je faisais de la lumière mais souvent les commutateurs ne marchaient pas. Cet appartement semblait abandonné. Sur les murs, des traces rectilignes indiquaient que des tableaux y avaient jadis été accrochés. Dans une chambre qui devait être celle de la « comtesse », trônait un grand lit aux montants de satin blanc capitonné. Un téléphone par terre, et, autour du lit, des bouquets de roses rouges, un poudrier, une écharpe.

À la table de la cuisine, le Chinois jouait aux cartes en compagnie d'un autre Chinois et d'un roux à la peau blanche.

– Je viens chercher un verre d'eau pour la petite.

Il m'a désigné l'évier. J'ai rempli un verre et jeté un regard vers eux. Éparses sur la toile cirée, des cartes d'alimentation. Elles étaient l'enjeu de leur partie. La porte s'est refermée lentement derrière moi. Le blunt crissait.

De nouveau cette succession de pièces vides où, sans doute, un déménagement hâtif s'était déroulé, il n'y avait pas si longtemps. Vers quel garde-meubles ? Et le lit de satin blanc, le canapé solitaire contre un mur, les deux chaises où s'empilaient des mallettes et des sacs de voyage, tout cela évoquait une installation provisoire.

Elle m'attendait dans son lit.

– Vous pouvez me lire quelques pages ?

Encore une fois, elle avait l'air de s'excuser et me tendait un livre à la couverture défraîchie : *Le Prisonnier de Zenda.* Curieuse lecture pour une petite fille. Elle m'écoutait, les bras croisés, avec une expression de ravissement dans les yeux.

Le chapitre fini, elle m'a demandé de ne pas éteindre la lampe, ni le lustre de la chambre voisine. Elle avait peur du noir. Je passais la tête entre les battants de la porte pour voir si elle dormait. Et puis j'ai déambulé à travers l'appartement et j'ai fini par trouver un fauteuil de cuir où passer la nuit.

Le lendemain, la « comtesse » m'a proposé un poste de précepteur. Ses activités mondaines et artistiques ne lui permettraient plus de s'occuper de Bijou. Alors, elle comptait sur mon aide. Je délaissais sans trop de regrets le Cours Marivaux auquel je m'étais inscrit pour échapper à la solitude. Maintenant que l'on me confiait des responsabilités et que l'on m'accordait le gîte et le couvert, je me sentais beaucoup plus sûr de moi.

J'accompagnais Bijou chez une dame suisse qui dirigeait un cours privé rue Jean-Goujon, l'école Kulm. Bijou semblait être la seule élève de cet établissement et chaque fois que j'allais la chercher, le matin ou l'après-midi, je la retrouvais en compagnie de cette dame, tout au fond d'une salle de classe aussi sombre et silencieuse qu'une chapelle désaffectée. Le reste de la journée se passait au bord de la pelouse du Cours Albert-Ier ou dans les jardins du Trocadéro. Et nous revenions à la maison, par les quais.

Oui, tout cela, l'hiver et la nuit le cernent comme un écrin. Ce n'était pas seulement le noir qui faisait peur à Bijou mais aussi les ombres que projetaient sur les rideaux la lampe de sa chambre et, à travers l'embrasure de la porte, le lustre de la pièce voisine.

Elle y voyait des mains menaçantes et se blottissait dans son lit. Je la rassurais jusqu'à ce qu'elle s'endorme. J'avais essayé par tous les moyens de dissiper ces ombres.

Le plus simple aurait été d'ouvrir les rideaux mais la lumière de la lampe risquait d'alerter la Défense Passive. Alors, je déplaçais cette lampe, tantôt à droite, tantôt à gauche : les ombres étaient encore là.

Ma présence l'apaisait. Au bout d'une quinzaine de jours elle avait oublié les mains sur les rideaux et elle s'endormait avant la fin du chapitre quotidien du *Prisonnier de Zenda.*

Il a beaucoup neigé, cet hiver-là et le quartier de Paris où nous habitions, le Cours Albert-Ier, le parvis du musée d'Art moderne, plus loin les rues en étages au flanc de la colline de Passy, prenaient l'aspect d'une station de l'Engadine. Et du côté de la place de la Concorde, le roi des Belges sur son cheval était blanc comme s'il venait de traverser un blizzard. J'avais découvert au fond de la boutique d'un brocanteur une luge pour Bijou et je l'emmenais glisser dans une allée en pente douce des jardins du Trocadéro. Le soir, quand nous rentrions à la maison par les quais, je tirais la luge sur laquelle Bijou était assise, un peu raide et rêveuse, comme d'habitude. Je m'arrêtais brusquement. Nous faisions semblant de nous être égarés dans une forêt. Cette idée avait le don de l'amuser et le rouge lui montait aux joues.

La « comtesse », vers sept heures du soir, prenait à peine le temps d'embrasser sa fille avant de disparaître vers quelque fête nocturne. La mystérieuse Madeleine-Louis téléphonait pendant des après-midi entiers sans nous prêter beaucoup d'attention. De quelles affaires s'occupait cette femme au visage de boxeur ? D'une voix sèche, elle fixait des rendez-vous à son « bureau », dont elle indiquait l'adresse : « Arcades du Lido ». Apparemment elle exerçait une grande emprise sur la « comtesse » qu'elle n'appelait pas Sonia mais « Odette » et je me demandais si ce n'était pas d'elle que « venait l'argent » selon l'expression de Bouboule. Habitait-elle Cours Albert-Ier ?... À plusieurs reprises, il me sembla que Sonia et elle rentraient ensemble, à l'aube, mais je crois que Madeleine-Louis dormait souvent à son « bureau »...

Les derniers temps, elle avait fait l'acquisition d'une péniche, amarrée près de l'île de Puteaux et à bord de laquelle, un dimanche, nous lui avons rendu visite, Bijou, la « comtesse » et moi. Elle y avait aménagé un salon, avec des poufs et des divans. Elle portait ce jour-là une casquette de marin et un pantalon, qui lui donnaient l'allure d'un jeune midship obèse et inquiétant.

Elle nous a servi le thé. Je me souviens que sur l'une des parois en bois de teck, était accrochée dans un cadre rouge, la photo d'une amie à elle, une artiste aux cheveux courts, descendante de Surcouf, et dont les chansons parlaient d'escales, de goélettes blondes et de ports sous la pluie.

Était-ce sous son influence qu'elle avait acheté cette péniche ?

À la tombée du soir, Madeleine-Louis et la « comtesse » nous ont laissés dans le salon, Bijou et moi. Je l'ai aidée à faire un puzzle que j'avais choisi moi-même et dont les pièces étaient assez grandes pour qu'elle ne rencontrât pas trop de difficultés.

La Seine était en crue, cet hiver-là, et l'eau venait presque à la hauteur des hublots, une eau douce dont l'odeur de boue et de lilas envahissait le salon.

Nous naviguions tous les deux dans un paysage de marais et de Brière. À mesure que nous remontions le fleuve, j'avais, peu à peu, le même âge qu'elle. Nous passions au large de Boulogne, là où j'étais né, entre le Bois et la Seine.

Et cet homme d'une trentaine d'années que j'entendais marcher deux ou trois fois par semaine, la nuit, quand j'étais seul avec Bijou... Il possédait une clé de l'appartement et entrait souvent par la porte de service. La première fois, il se présenta à moi comme « Jean Bori », le « frère de Sonia », mais pourquoi ne portait-il pas le même nom qu'elle ?

Madeleine-Louis m'avait confié, d'un ton onctueux, que les O'Dauyé – la famille de Sonia – étaient des nobles d'origine irlandaise qui se fixèrent en Pologne au XVIIIe siècle. Au fait pourquoi Sonia s'appelait-elle Odette ?

Ce « Jean Bori » frère de Sonia, au fin visage et à la peau grêlée, me semblait plutôt gentil. Quand il ne se faisait pas servir seul par le cuisinier chinois et qu'il venait plus tôt que d'habitude, nous dînions ensemble, Bijou, lui et moi. Il manifestait une tendresse distraite pour la petite. Son père ? Il était toujours vêtu d'une manière soignée, avec une épingle de cravate. Où dormait-il, Cours Albert-Ier ? Dans la chambre de Sonia ou sur quelque canapé perdu au fond de l'appartement ?

D'ordinaire, il repartait tard, une enveloppe à la main, et sur cette enveloppe était inscrit « POUR JEAN » de la large écriture de Sonia. Il évitait Madeleine-Louis et nous rendait visite en l'absence de celle-ci.

Une nuit, il avait voulu assister au coucher de la petite et il s'était assis au pied de son lit pour écouter lui aussi le chapitre quotidien du *Prisonnier de Zenda.* Chacun à notre tour, nous avions embrassé Bijou.

Dans la grande pièce désolée qu'on appelait le « salon », le Chinois nous avait servi deux cognacs.

– Odette est vraiment une drôle de fille...

Et après avoir sorti de son portefeuille une photo écornée, il me la tendit.

– Ça, c'était les débuts d'Odette, il y a cinq ans. Elle a été remarquée par un type important au cours de cette soirée… Belle photo, non ?

Des tables aux nappes blanches. Et autour de ces tables, une nombreuse assemblée en habits de gala. Un orchestre sur une estrade, tout au fond. La lumière vive des projecteurs éclairait un décor alpestre composé de trois petits chalets, d'un sapin, de montagnes en carton recouvertes de neige artificielle, comme les toits des chalets et les branches des sapins. Et face aux dîneurs en smoking et en robes du soir, une trentaine de chasseurs alpins, sur deux rangs, au garde-à-vous, leurs skis aux pieds. Le sol brillait lui aussi de neige artificielle, et je n'osais pas demander à ce Jean Bori si les chasseurs alpins étaient demeurés, sur leurs skis, immobiles, jusqu'à la fin de la soirée, et quel avait été, au juste, le rôle d'Odette. Vendeuse de programmes ?

– C'était un gala… La « nuit du ski ».

Cette neige et cet hiver de pacotille qui avaient marqué les « débuts » d'Odette se confondaient avec la réalité. Il suffisait de se pencher à la fenêtre et de contempler la neige sur le Cours Albert-Ier.

– Elle vous paye bien, Odette, pour votre travail de gouvernante ?

– Oui.

Il paraissait pensif.

– Vous êtes gentil de vous occuper si bien de la petite…

En le raccompagnant jusqu'à la porte je ne pus m'empêcher de lui demander si vraiment, sa sœur et lui, appartenaient à une famille de l'aristocratie irlandaise, émigrée en Pologne au XVIIIe siècle. Il semblait ne pas comprendre.

– Nous, des Polonais ? C'est Odette qui dit ça ?

Il enfilait sa canadienne.

– Des Polonais, si vous voulez… Mais des Polonais de la Porte Dorée…

Son rire résonnait dans l'escalier et je demeurais figé au milieu du vestibule.

J'ai traversé l'appartement désert. Zones d'ombres. Tapis roulés. Empreintes de tableaux et de meubles sur les murs et les parquets nus, comme après une saisie. Et les Chinois jouaient certainement aux cartes dans la cuisine.

Elle dormait, la joue contre l'oreiller. Une enfant qui dort et quelqu'un qui veille sur elle, c'est quand même quelque chose, au milieu du vide.

Tout s'est gâté à cause d'une idée de Madeleine-Louis que Sonia a jugée excellente : Bijou devait travailler « dans le spectacle ». Si on la prenait bien en main, elle serait bientôt l'égale de cette enfant américaine, vedette de cinéma. Sonia semblait avoir renoncé à toute carrière artistique et je me demande si elle et Madeleine-Louis ne reportaient pas sur Bijou leurs espoirs déçus.

J'ai expliqué à la directrice de l'école Kulm, rue Jean-Goujon, que Bijou n'assisterait plus aux cours. Elle était désolée à la perspective de perdre sa seule élève, et moi aussi, pour elle et pour Bijou.

Il fallait lui monter une garde-robe en prévision des photos qu'on enverrait aux maisons de production. On lui confectionna des costumes d'écuyère, de patineuse à la Sonja Henie, et de petite fille modèle. Sa mère et Madeleine-Louis l'emmenaient à des séances d'essayages interminables, et, de la fenêtre, je regardais partir sur la neige du Cours Albert-Ier, le cabriolet de Sonia, capote noire rabattue. J'éprouvais un serrement au cœur. La petite était coincée entre sa mère et Madeleine-Louis et celle-ci faisait claquer un fouet au-dessus du cheval, à la manière d'un dresseur de cirque.

Moi, j'étais chargé de la conduire à ses cours. Cours de piano. Cours de danse. Leçons de diction que lui donnait notre professeur de la rue Beaujon. Séances de pose, chez un photographe de l'avenue d'Iéna, avec ses différents costumes. Cours d'équitation dans un manège du bois de Boulogne. Là, au moins, c'était en plein air et elle reprenait des couleurs. Je la vois encore tourner, si petite et si blonde, sur un cheval gris pommelé qui se confondait presque avec la neige et le brouillard matinal.

Elle ne disait pas un mot et montrait la plus grande docilité en dépit de sa fatigue. Un après-midi où Madeleine-Louis et Sonia avaient bien voulu lui accorder un congé, nous sommes allés dans les jardins du Trocadéro et elle s'est endormie sur sa luge.

Bientôt, j'ai dû partir pour le midi de la France. Paris devenait dangereux et je n'étais même plus sûr de la carte d'identité à son nom que m'avait donnée un ancien camarade de l'école communale. Bijou ne s'appelait pas Bijou, Sonia ne s'appelait pas Sonia, mais moi je ne m'appelais pas Lenormand.

Je leur ai demandé de me confier Bijou qui serait certainement heureuse dans le Midi. En vain. Elle y tenait, la grosse et dure Madeleine-Louis, à son idée d'en faire une enfant prodige de l'écran. Et Sonia… Elle était si influençable, si évanescente… Et cette manie d'écouter la *Sonate au clair de lune,* le regard vague… Pourtant, je l'ai toujours soupçonnée de cacher, sous ses tulles et ses vapeurs, une robustesse faubourienne.

Je suis parti un matin avant que la petite ne se réveille.

À Nice, quelques mois plus tard, j'ai vu une photo d'elle à la page spectacle d'un hebdomadaire. Elle jouait un rôle dans un film qui s'appelait : *Le Carrefour des Archers*. Elle était debout, vêtue de sa chemise de nuit, une torche électrique à la main, le visage un peu amaigri et l'air de chercher quelqu'un, à travers l'appartement désert du Cours Albert-Ier.

Moi, peut-être.

Je n'ai plus jamais eu de ses nouvelles. Tant d'hivers se sont accumulés, depuis, que je n'ose pas les compter.

Bouboule s'en est sorti, lui. Il avait le rebond et la souplesse d'une balle de caoutchouc. Mais elle ? Rue Jean-Goujon, l'école Kulm où j'allais la chercher le matin et l'après-midi, n'existe plus. Quand je passe sur le quai, je me souviens de la neige de ce temps-là, qui recouvrait la statue du roi des Belges Albert-Ier, et celle de Simon Bolivar, symétriques, à une centaine de mètres l'une de l'autre. Eux, au moins, n'ont pas bougé, chacun aussi raide sur son cheval et indifférent aux remous que laissent derrière elles, dans l'eau grise, les péniches.

La Nouvelle Revue Française
n° 341, juin 1981.

Arrêt sur lecture 1

La Seine de Patrick Modiano est une nouvelle parue en juin1981 dans *La Nouvelle Revue Française* n° 341. Modiano est né le 30 juillet 1945 à Boulogne-Billancourt d'un père qui a vécu pendant l'occupation dans une semi-clandestinité et d'une mère comédienne venue de Belgique. Ses parents s'occupent peu de lui. Il passe son adolescence dans des pensionnats. Dès 1967, il se consacre à l'écriture. Il publie son premier roman, *La Place de l'Étoile,* à vingt-deux ans et obtient le prix Goncourt en 1978 pour *Rue des boutiques obscures*. Toute son œuvre est marquée par une quête d'identité jamais assouvie, nourrie de souvenirs douloureux. *La Seine* n'échappe pas à cela. On retrouve d'ailleurs les mêmes personnages dans un roman paru en 2001, *La Petite Bijou.*

La nouvelle explore des lieux et trace un parcours entre des souvenirs qui renvoient sans cesse le narrateur vers une quête impossible. En proie à une angoisse diffuse mais sans jamais abandonner son regard bienveillant, le narrateur déambule dans un appartement trop grand, et autour de la Seine, à Paris.

Au centre, le narrateur

Dans *La Seine*, le narrateur entraîne le lecteur à sa suite. Il s'agit pour lui de partir à la recherche de « la petite Bijou » et de Sonia, sa mère. Non pas qu'il espère les revoir mais peut-être pourra-t-il soulever un pan de son passé et l'éclairer.

Un enquêteur

Dès le premier paragraphe, on comprend que le narrateur s'est mis en position d'enquêteur : « J'ai questionné le patron du café voisin. » Grâce aux premiers renseignements qu'il recueille, il remonte la filière et poursuit sa quête de cette famille Blache dont le nom est « à moitié effacé » sur le mur d'un petit immeuble de Boulogne. À partir d'une réminiscence, d'une intuition, « J'ai pensé à la "comtesse", la mère de Bijou », des éléments s'emboîtent, comme dans un puzzle : « En fouillant dans un tiroir, Cours Albert-Ier, j'avais découvert une carte d'identité au nom de "Blache Odette". » Avec un certain humour, sous une fausse désinvolture, il décrit son acharnement :

> **Et par une coïncidence, comme il s'en produit quelquefois pour récompenser ceux qui cherchent vainement le tracé d'un chemin perdu, quatre feuillets de papier pelure étaient tombés bien plus tard entre mes mains grâce à la gentillesse d'un secrétaire de la Préfecture de Police auquel j'avais demandé, à tout hasard, s'il n'y avait rien, là-bas, au nom de « Blache ».**

Cette attitude d'enquêteur semble être pour le narrateur comme une seconde nature, une habitude. Ainsi quand il rencontre la petite Bijou, il relève des indices troublants avec des mots qui appartiennent au langage de l'enquête policière : « J'ai constaté que ses chaussettes étaient de taille et de couleur différentes », remarque qui fait sourire tant elle semble anodine, mais qui, à elle seule, révèle l'abandon dans lequel se trouve la petite fille.

Cette enquête, qui n'aboutira qu'en partie, rappelle au narrateur celle qu'il menait, de façon moins systématique certes, lorsqu'il a rencontré Odette. « Tout de suite, elle nous intrigua », « nous lui posions des questions [*à notre professeur*] au sujet des "débuts prometteurs"

Patrick Modiano

de la "comtesse" – ainsi l'avions-nous surnommée », et ces questions ne cesseront de le hanter : « je ne pus m'empêcher de lui demander [*à Jean Bori, le soi-disant frère de Sonia*] si vraiment, sa sœur et lui, appartenaient à une famille de l'aristocratie irlandaise, émigrée en Pologne au XVIIIe siècle », « je me demande si elle et Madeleine-Louis ne reportaient pas sur Bijou leurs espoirs déçus », « je l'ai toujours soupçonnée de cacher ». En fait, à la fin de la nouvelle, on comprend que l'enquête sur la petite Bijou et sa famille est tout autant une enquête sur lui-même : « Bijou ne s'appelait pas Bijou, Sonia ne s'appelait pas Sonia, mais moi je ne m'appelais pas Lenormand. »

Une mémoire vivace

Le narrateur scrute son passé à la recherche de traces qui pourraient le faire revivre, lui donner sens. Ainsi le vocabulaire du souvenir est-il fréquent : « je me souviens du Cours Marivaux... », « je revois nos "séances d'ensemble", de vingt heures à vingt-deux heures trente », « J'ai de la peine à me rappeler leurs noms et leurs visages à tous », « seuls demeurent dans ma mémoire », « Je me souviens que sur l'une des parois [...] était accrochée [...] la photo... », « Je la vois encore tourner [...] sur un cheval », « Quand je passe sur le quai, je me souviens de la neige de ce temps-là ». Chacun des souvenirs fait image, recrée un pan d'un autrefois après lequel le narrateur ne cesse de courir comme si, sans cela, il ne pouvait trouver la paix, comme si, sans cela, la petite Bijou et lui seraient perdus à jamais.

Une présence protectrice

Le lien qui s'instaure dès leur première rencontre entre le narrateur et la petite Bijou s'apparente à la relation rêvée d'un père et de sa fille, relation dont semble par ailleurs avoir été privés et le narrateur et la petite Bijou : « Je lui ai pris la main et nous sommes sortis tous les deux du Cours Marivaux. » Tout le temps pendant lequel l'enfant a été confiée au narrateur semble occupé par une longue promenade, la main de la fillette dans la main de ce père de substitution. L'un protégeant l'autre, et la petite fille donnant enfin un port d'attache à celui qui ne cesse d'errer. C'est une courte période de bonheur puisque le narrateur note, au moment où la vie de Bijou prend un autre tour : « Tout s'est gâté... » Le narrateur a beau être encore presque un enfant : « Je n'avais pas encore l'âge d'être son père », cette responsabilité qui soudain lui incombe fait de lui un adulte protecteur : « J'ai craint qu'elle ne prenne froid », « Je la rassurais jusqu'à ce qu'elle s'endorme », « Ma présence l'apaisait », « Une enfant qui dort et quelqu'un qui veille sur elle, c'est quand même quelque chose ».

Rapidement, son sort est lié à celui de la petite Bijou : « Le lendemain, la "comtesse" m'a proposé un rôle de précepteur », rôle en réalité assez mal défini, que commente ainsi le frère de Sonia : « Elle vous paye bien, Odette, pour votre travail de gouvernante ? [...] Vous êtes gentil de vous occuper si bien de la petite... ». C'est également lui que cette nouvelle fonction protège : « Maintenant que l'on me confiait des responsabilités et que l'on m'accordait le gîte et le couvert, je me sentais beaucoup plus sûr de moi. »

C'est que la vie de la petite et celle du narrateur vont alors d'un même pas, comme le montre l'usage intensif du pronom personnel « nous » : « Nous attendions tous les deux, la petite et moi », « nous dînions ensemble », « Nous naviguions tous les deux dans un paysage de marais et de Brière ». C'est avec le narrateur qu'elle joue, c'est apaisée par lui qu'elle s'endort, c'est lui qui lui lit des histoires, lui qui l'initie au puzzle, et c'est encore lui qui préviendra la directrice de son cours qu'elle ne viendra plus. Il cherchera plus tard à garder Bijou pour la sauver de ces deux femmes prédatrices : « Je leur ai demandé de me confier Bijou qui serait certainement heureuse dans le Midi. En vain. »

Cet amour qui le lie à l'enfant explique son acharnement à la retrouver et son inquiétude. Elle représente sans doute le dernier pan d'innocence qui le rattache à un passé qui en fut bien dénué :

> **Je n'ai plus jamais eu de ses nouvelles. Tant d'hivers se sont accumulés, depuis, que je n'ose pas les compter.**
> **Bouboule s'en est sorti, lui. [...] Mais elle ? Rue Jean-Goujon, l'école Kulm où j'allais la chercher le matin et l'après-midi, n'existe plus. Quand je passe sur le quai, je me souviens de la neige de ce temps-là.**

Une angoisse partagée

« Comme chaque soir, à cet instant-là [*au moment du crépuscule*], je me laissais envahir par une angoisse diffuse. Elle aussi [...]. » C'est ainsi que le narrateur évoque cette peur, paradoxale, de celui qui a été abandonné et que l'on recherche : « Bientôt, j'ai dû partir pour le midi de la France. Paris devenait dangereux et je n'étais même plus sûr de la carte d'identité à son nom que m'avait donnée un ancien camarade de l'école communale. » Ainsi parle-t-il du Cours Marivaux comme d'un lieu où il s'était « inscrit pour échapper à la solitude ». L'angoisse le rapproche de cette enfant abandonnée au premier venu et qui est terrifiée dès que la nuit tombe. « J'avais peu à peu le même âge qu'elle », remarque-t-il. Quand il décrit ses jeux avec la petite, le lecteur a vraiment l'impression qu'il s'agit de deux enfants. Il construit auprès d'elle, qui est comme son double féminin, l'enfance qu'il n'a pas eue : « Nous faisions semblant de nous être égarés dans une forêt. Cette idée avait le don de l'amuser et le rouge lui montait aux joues. »

On voit comment, pour le lecteur, le sujet de l'enquête se déplace de la petite Bijou vers le narrateur dont nous ne saurons rien, ni l'âge ni l'identité ni la fonction. Qui est ce jeune homme, totalement seul, qui peut du jour au lendemain s'installer chez des inconnus ? Il restera celui qui cherche une enfant disparue, une enfance brisée, un être à la dérive, à qui ce rendez-vous avec l'enfance a été finalement refusé…

L'univers particulier du narrateur

Autour du narrateur gravitent de nombreux personnages. Deux seulement appartiennent à son univers personnel, Bouboule et le professeur du Cours Marivaux, les autres sont rattachés à la petite Bijou.

Bouboule

Ce personnage, apprenti comédien dans le même cours que le narrateur, est l'intermédiaire qui le met en relation avec la petite Bijou. En effet, c'est à lui que Sonia avait demandé de garder sa fille. Comme il ne peut pas, il passe la corvée à son camarade. Il est décrit comme un « petit gros » qui a fait carrière : « On le voit souvent à la télévision et sur les scènes des théâtres. Il ne lui reste plus beaucoup de cheveux mais son visage n'a pas changé : le même Bouboule que celui que j'ai connu », précise le narrateur, « plus dégourdi que nous autres et qui fréquentait déjà [*du temps de la comtesse*] le monde des coulisses, des studios et celui des boîtes de nuit. » Ce personnage qui, contrairement au narrateur, sait se défendre dans la vie « flairait quelque chose de louche » chez la comtesse. Il représente le gagnant, l'homme de bon sens, le bon vivant, celui qui est parfaitement installé dans la vie. Cet être en pleine lumière – il devient un acteur connu – est très exactement l'opposé du narrateur, celui que le narrateur ne pourra jamais être. Ce portrait est empreint d'une certaine gaieté, d'un certain humour aussi. Il n'est pas sûr que cet homme empli de certitudes soit l'idéal du narrateur, même s'il lui envie son aisance dans la vie, l'aisance de ceux qui savent, et d'abord qui savent qui ils sont !

Le professeur du Cours Marivaux

L'humour est présent dans la description qui est faite de cette femme, « ancienne sociétaire de la Comédie Française, qui avait décidé, au terme d'une carrière de tragédienne et de grande amoureuse, de dépenser son énergie et d'assouvir un goût resté vif des contacts humains en créant, dans son rez-de-chaussée proche de l'Étoile, le Cours Marivaux, "antichambre du théâtre et du cinéma, du music-hall et du cabaret", comme l'annonçait le prospectus ». On imagine facilement que « Mme Sans-Gêne », comme l'appellent les élèves, est une femme plus très jeune, sans rôle, qui essaie de gagner quelque argent et de se trouver peut-être de temps à autre un jeune homme à mettre dans son lit. La charge est féroce, le personnage un peu minable. D'ailleurs, elle est prête à tout pour l'argent, y compris à faire gagner la moins douée de ses élèves, comme Sonia, qui prend avec elle des cours particuliers.

Autour de la petite Bijou

Odette, entre deux identités

Le mystère Odette – Que sait-on d'Odette Blache, dite Sonia O'Dauyé ? Que son père « tenait un atelier de réparations de cycles au fond de la cour et il était mort depuis longtemps » quand le narrateur se lance dans son enquête, qu'il habitait à Boulogne, « 23 *bis* quai du Point-du-Jour » et que « sa fille, elle, était partie très jeune vivre sa vie ». C'est en voyant le nom à moitié effacé sur le mur qu'il fait le rapprochement avec la « comtesse » : il se souvient qu'il avait trouvé dans son appartement « une carte d'identité au nom de "Blache Odette" », dont il avait reconnu la photo. Odette est bien celle qui se faisait appeler Sonia, dite la « comtesse ». Dès le début de la nouvelle, cette double identité est posée. « Madeleine-Louis m'avait confié, d'un ton onctueux », dit le narrateur, « que les O'Dauyé – la famille de Sonia – étaient des nobles d'origine irlandaise qui se fixèrent en Pologne au XVIIIe siècle. » Comme le narrateur, Odette cherche à brouiller les pistes, à faire disparaître son passé, à s'inventer une réalité qui n'existe pas. Ainsi, elle décide qu'elle est une grande actrice et paye pour avoir un premier prix de tragédie sans avoir appris son rôle ! Son choix de *La Dame aux camélias* prouve assez qu'elle se voit en jeune héroïne romantique. C'est un personnage qui triche avec la vie. La photo d'elle que Bori tend au narrateur la montre au milieu d'un décor de neige artificielle du plus mauvais goût. Ce sont là ses « débuts » : comme « vendeuse de programmes ? », s'interroge cruellement le narrateur. Elle occupe les zones d'ombre de la société. Que faisait-elle quand, par exemple, elle s'était retrouvée à dix-huit ans prise dans « une rafle, faite de nuit dans des bastringues, du côté de la passerelle de Charenton » ?

Au moment où le narrateur la rencontre, c'est « une blonde au visage étroit et aux yeux très clairs », « rayonnante » et élégante, qui déclare avoir vingt-trois ans, mais, ajoute le narrateur avec humour, « avait certainement quelques années de plus que nous ». Elle apparaît chez elle « dans un tailleur de velours noir aux épaules incrustées de jais ». En cinq ans, elle est donc passée des bastringues à l'appartement du Cours Albert-Ier dans les beaux quartiers parisiens. Comment achète-t-elle les journalistes qui viennent l'interviewer comme une vedette alors qu'elle n'a rien fait ?

> **Notre professeur nous répondait de manière évasive quand nous lui posions des questions au sujet des « débuts » prometteurs de la « comtesse ».**

Une certaine noirceur – Nous n'aurons de réponses à aucune de ces questions. Odette demeure une femme mystérieuse qui vit dans un monde interlope, mais il n'y a aucun romantisme attaché au personnage. Elle apparaît au contraire comme une femme froide, indifférente à son enfant : « elle lui donna un baiser furtif sur le front », « ses activités mondaines et artistiques ne lui permettraient plus de s'occuper de Bijou ».

Les éléments qui la caractérisent sont dévalorisants : elle est capricieuse (elle renonce à sa carrière artistique aussi brusquement qu'elle

Catherine Anouilh se prépare pour son rôle au théâtre de l'Odéon. Le miroir, la lumière crue des ampoules : Willy Ronis capte ce moment où la femme se transforme en actrice.

s'y était engagée, et décide tout aussi brusquement d'y rallier sa fille), fêtarde, sûre d'elle et autoritaire, fabulatrice et dépensière. Pour achever ce portrait peu flatteur que le narrateur fait de Sonia, il ajoute à la fin de la nouvelle :

> **Pourtant, je l'ai toujours soupçonnée de cacher, sous ses tulles et ses vapeurs, une robustesse faubourienne.**

Son mépris pour le personnage éclate aussi dans cette phrase assassine : « tout cela ne compterait guère plus aujourd'hui qu'une couronne de fleurs fanées, sur le couvercle d'une poubelle, s'il n'y avait pas eu la petite Bijou ». Épitaphe comique, cruelle, expéditive, pour dire la bassesse de cette femme condamnée par le narrateur… aux ordures ! Mais

Sonia n'agit pas seule, elle est entourée d'un certain nombre de personnages.

Les amis de Sonia

Un chœur indistinct – Ils sont nombreux, imprécis, sans identité, toujours juste entraperçus ou entendus : « je distinguais, au fond, par la double porte entrouverte du salon, des groupes de gens », dit le narrateur, qui évoque aussi « le bourdonnement des conversations ». Ils sont présents aussi sous la forme des bouquets de fleurs disposés dans l'entrée pour fêter la victoire de Sonia : « Bijou, tu te rends compte… Toutes ces fleurs… Il y en a tellement que je ne peux pas les mettre dans des vases… Je dois rejoindre mes amis… Et les emmener dîner », dit Sonia. Ils forment donc comme le chœur d'une pièce dont Sonia serait l'héroïne, ils sont indispensables pour qu'elle se sente exister. Un être a cependant une place à part, Jean Bori.

Jean Bori – Qui est « cet homme d'une trentaine d'années que j'entendais », s'interroge le narrateur, « marcher deux ou trois fois par semaine, la nuit, quand j'étais seul avec Bijou… » ? « Il possédait une clé de l'appartement et entrait souvent par la porte de service. » Il a un « fin visage à la peau grêlée », il est « toujours vêtu d'une manière soignée, avec une épingle de cravate ». Pourquoi serait-il dangereux pour lui d'entrer par la porte principale ? Pourquoi mange-t-il seul, servi par le cuisinier chinois ? Il se présente comme le frère de Sonia, mais ne porte pas le même nom qu'elle, et que sa « sœur » les dise polonais le fait rire :

> **Des Polonais, si vous voulez… Mais des Polonais de la Porte Dorée.**

Il évite Madeleine-Louis et repart avec une enveloppe à la main sur laquelle Sonia a écrit « pour Jean ». À quels trafics se livrent ces deux-là ? Nous n'en saurons pas plus. C'est un homme gentil qui « manifestait une tendresse distraite pour la petite ». « Son père ? », la question est posée par le narrateur. Un soir, les deux hommes vont même embrasser l'enfant à tour de rôle. Comme deux pères ! Jean Bori donne l'image d'un être dénué de méchanceté, mais distrait, qui ne prend guère ses responsabilités, comme on en rencontre tant d'autres dans l'univers de Modiano.

Le Chinois – Personnage furtif, le cuisinier chinois sert les repas, verse du cognac et joue aux cartes « en compagnie d'un autre Chinois et d'un roux à la peau blanche ». L'enjeu de la partie donnera un des rares renseignements susceptibles de situer l'époque à laquelle le narrateur s'est occupé de la petite Bijou : les cartes d'alimentation ancrent la narration dans la Seconde Guerre mondiale.

La présence de ce Chinois, Tioung, concourt à l'atmosphère mystérieuse qui règne dans l'appartement de Sonia. Aucun mot ne semble être échangé avec lui. L'auteur, en distillant ainsi des indices étranges, s'amuse avec les poncifs du roman noir.

Madeleine-Louis – Autre adulte féminin à occuper l'appartement du Cours Albert-Ier, Madeleine-Louis est gratifiée, comme Sonia, d'un portrait peu flatteur. Elle aussi est présentée comme « mystérieuse », et le narrateur pose à son sujet des questions dont il ne détient pas les réponses. C'est une grosse femme brune « d'une cinquantaine d'années, aux cheveux courts et au visage carré et énergique de bull-terrier », on dit ailleurs qu'elle a un « visage de boxeur » et « une voix sèche » au téléphone. Elle apparaît comme le personnage maléfique des contes de fées. Elle semble manipuler son monde, et tout particulièrement la comtesse, à qui elle a forgé sa fausse identité de Polonaise... tout en continuant à être la seule à l'appeler Odette ! Elle surveille ses fréquentations et porte sur le narrateur, la première fois qu'elle le voit, « un œil soupçonneux ». Son allure et ses choix de vie concourent à son étrangeté :

> **Les derniers temps, elle avait fait l'acquisition d'une péniche, amarrée près de l'île de Puteaux [...]. Elle portait ce jour-là une casquette de marin et un pantalon, qui lui donnaient l'allure d'un jeune midship obèse et inquiétant.**

Elle cultive son mystère et son excentricité. Elle est par ailleurs la grande manipulatrice. Modiano joue à faire d'elle une sorte d'espionne. Elle met en œuvre l'idée, « jugée excellente » par Sonia, de séparer la petite Bijou de son protecteur pour la lancer à l'assaut d'une gloire qu'elle n'atteindra pas : « elle serait l'égale de cette enfant américaine, vedette de cinéma ». Sonia et elle ont pour la petite des rêves de pacotille, elles reportent sur elle « leurs espoirs déçus ». Ce sont deux marâtres, comme on en rencontre dans *Blanche-Neige* ou dans *Hansel et Gretel* des frères Grimm.

La petite Bijou

Une enfant délaissée – L'enfant est au centre de la nouvelle. Le narrateur la regarde avec tendresse et compassion. Cette petite fille délaissée est en quelque sorte son double. Elle apparaît, elle aussi, comme sortie d'un conte de fées, mais elle évoque cette fois une héroïne aimable – la Belle au bois dormant ou Cendrillon – qui attendrait une intervention magique pour sortir de l'abandon dans lequel elle se trouve :

> **Je remarquai tout au fond de la salle, sur l'un des sièges de velours rouge, une petite fille endormie. [...] Sa joue était appuyée au dossier du fauteuil, sa main gauche sur son épaule et le bras replié contre sa poitrine. Les cheveux blonds et bouclés, elle portait un manteau bleu pâle et de grosses chaussures marron. Elle avait six ou sept ans. [...] Des yeux clairs, presque gris.**

Le manque d'intérêt qu'on lui porte est discrètement indiqué par ces grosses chaussures marron qui contrastent avec la tenue charmante, et par les chaussettes dépareillées. « La comtesse l'avait-elle habillée ce jour-là ? », se demande le narrateur. Elle est timide et la plupart du temps silencieuse. Les paroles qu'elle prononce dans la nouvelle sont peu nombreuses : « J'aimerais bien rentrer à pied », « Bonjour, Madeleine-Louis », « C'est pour maman [*les fleurs dans l'entrée*] », « Est-ce que je peux me lever de table ? », « Est-ce que vous pourriez me chercher un verre d'eau s'il vous plaît ? », « Vous pouvez me lire quelques pages ? ». Ces mots révèlent une enfant sage, obéissante, polie et docile.

Une enfant résignée – Elle ne se plaint jamais et n'est guère étonnée de ce qui lui arrive. Elle fait toujours ce qu'on attend d'elle : le soir, elle se brosse les dents et, lorsque la lubie de Madeleine-Louis et de sa mère l'obligera à suivre des leçons jusqu'à tomber de fatigue, elle ne dira jamais rien. Elle est comme revenue de tout. Quand on décide de faire d'elle une vedette, on lui confectionne une garde-robe extravagante, costumes d'écuyère, de patineuse, de petite fille modèle. Elle est un jouet entre les mains des deux femmes. Lorsque sa mère l'emmène en voiture, dans son cabriolet noir, « la petite était coincée entre sa mère et Madeleine-Louis et celle-ci faisait claquer le fouet au-dessus du cheval, à la manière d'un dresseur de cirque », c'est là une image terrifiante de l'éducation que reçoit Bijou, dressée à exécuter les moindres caprices de sa mère et de son amie.

La petite Bijou est toujours solitaire. Même quand le narrateur l'emmène au parc Monceau, il n'y a pas d'autre enfant pour jouer avec elle. Elle fréquente un cours où elle est... la seule élève ! Elle a même perdu son identité puisque, bien qu'elle se nomme Martine, sa mère l'a rebaptisée « Bijou ». Elle a dans la vie une attitude prudente, sans doute est-elle toujours sur la défensive. Ainsi elle se tient raide sur la balançoire et ébauche « un sourire presque imperceptible » quand elle passe sur son manège devant son nouveau protecteur. Plus tard, sur la luge que lui a achetée le narrateur, elle est « un peu raide et rêveuse, comme d'habitude ». Il y a une scène particulièrement cruelle : sa mère lui demande de l'embrasser, « mais comme elle ne se penchait pas vers sa fille, celle-ci essayait vainement de l'embrasser en se dressant sur la pointe des pieds. La « comtesse » ne s'en apercevait même pas ». On sent dans ce « même pas » toute la douleur muette de l'enfant.

Les caractéristiques de l'enfance : peur, sommeil et jeu – Malgré sa docilité, c'est aussi une enfant qui a peur. Peur de sa mère :

> **La petite fixait sur elle des yeux démesurément agrandis. De l'étonnement ou de la peur ?**

Peur du noir et des ombres de la nuit :

> **Elle m'a demandé de ne pas éteindre la lampe, ni le lustre de la chambre voisine.**
>
> **Je l'imaginais, cette torche trop lourde pour elle à la main, seule, la nuit, au milieu d'ombres qui la terrifiaient.**
>
> **Ce n'était pas seulement le noir qui faisait peur à Bijou, mais des ombres que projetaient sur les rideaux la lampe de sa chambre et, à travers l'embrasure de la porte, le lustre de la pièce voisine.**
> **Elle y voyait des mains menaçantes et se blottissait dans son lit.**

Peur, partagée avec le narrateur, du crépuscule :

> **Comme chaque soir, à cet instant-là, je me laissais envahir par une angoisse diffuse. Elle aussi, puisque je sentais la pression de sa main dans la mienne.**

Elle se sauve de la peur par le sommeil, c'est une enfant « endormie » : lors de sa première rencontre avec le narrateur, il la décrit ainsi, minutieusement : « Sa joue était appuyée au dossier du fauteuil, sa main gauche sur son épaule et le bras replié contre sa poitrine », et plus tard : « Elle dormait, la joue contre l'oreiller », enfin quand, condamnée à l'enchaînement des leçons censées faire d'elle une vedette, elle obtient une permission : « elle s'est endormie sur sa luge ». Le face-à-face du narrateur et de la petite fille, traité avec infiniment de pudeur, est bouleversant et auréolé de poésie :

> **Il ne restait plus dans la salle de théâtre que cette petite fille endormie et moi.**

Avec le narrateur, l'enfant découvre le jeu : « Nous faisions semblant de nous être égarés dans une forêt. Cette idée avait le don de l'amuser et le rouge lui montait aux joues. » Elle a des lectures qui ne sont pas de son âge, mais qu'elle écoute « avec une expression de ravissement dans les yeux ». L'enfant apparaît parfois comme un fantôme, c'est une enfant de l'ombre et du brouillard : « tout cela, l'hiver et la nuit le cernent comme un écrin ». Quelques mois après son départ de Paris, le narrateur découvre sa photo dans un journal. Elle joue dans un film et on la voit « vêtue de sa chemise de nuit, une torche électrique à la main », comme elle l'était dans l'appartement de sa mère. C'est une enfant qui erre à la recherche de quelqu'un, « moi, peut-être », se dit le narrateur. Si la petite Bijou hante le narrateur, c'est qu'il a retrouvé en elle le désarroi qui est le sien. Un temps, le moment de leur rencontre, ils ont pu croire l'un et l'autre qu'ils en avaient fini avec la solitude. Puis tout s'est gâté et l'enfant se perd dans le souvenir de « la neige de ce temps-là », temps d'innocence et d'espoir.

Les lieux

Au dehors

Boulogne – La nouvelle se passe à Paris ou dans ses environs. Tout part du lieu de naissance du narrateur : « Boulogne, là où j'étais né, entre le Bois et la Seine. » C'est sur le mur d'un petit immeuble du quai du Point-du-Jour, au 23 *bis*, où résidait un réparateur de cycles au fond d'une cour et dont le nom est encore écrit « en caractères bleus à moitié effacés », qu'il retrouve la trace de Sonia ou plutôt de son père. Cette mention au tout début de la nouvelle montre qu'Odette est issue d'un milieu modeste.

Le quartier du Cours Albert-Ier – La « comtesse » habite au 24 du Cours Albert-Ier, dans un somptueux appartement qui se révélera bien vide. Mais le Cours Albert-Ier n'est pas qu'un appartement, c'est aussi un quartier. Le narrateur et Bijou jouent sur la pelouse du Cours, ou dans les jardins du Trocadéro, ou encore au parc Monceau. Non loin de là, ils traversent l'esplanade du musée d'Art moderne, suivent les rues en étages au flanc de la colline de Passy et, du côté de la place de la Concorde, regardent la statue du roi des Belges sur son cheval :

> **Quand je passe sur le quai, je me souviens de la neige de ce temps-là, qui recouvrait la statue du roi des Belges Albert-Ier, et celle de Simon Bolivar, symétriques, à une centaine de mètres l'une de l'autre.**

Dans le même périmètre, à deux pas de l'Étoile, se trouve le Cours Marivaux, où le narrateur rencontre Sonia, puis sa fille, rue Beaujon. Dans le même quartier est installée l'école Kulm, rue Jean-Goujon, où le narrateur conduit la petite fille, l'avenue d'Iéna où elle va chez un photographe. Ces rues jouxtent le bois de Boulogne où elle prend ses leçons d'équitation, à quelques pas du « bureau » de Madeleine-Louis, sous les arcades du Lido. C'est tout un pan de ce Paris du XVIe arrondissement tel qu'on le retrouve dans de nombreux textes de Modiano, qui se dessine ici. Mais ces quartiers pourtant riches apparaissent surtout comme abandonnés et gangrenés. Ainsi l'élégant parc Monceau est vide :

> **Il y avait des balançoires aux peintures écaillées, un vieux toboggan et un bac à sable en ciment.**

Cela renvoie certes à l'époque troublée de l'Occupation allemande, mais aussi à ce pourrissement de l'enfance que Sonia et ses acolytes font vivre à Bijou, que tous les parents indifférents et narcissiques font vivre à leurs enfants. Cette nécessité d'inscrire le texte dans la réalité des lieux concourt paradoxalement à l'impression de mystère qui se dégage du texte. Plus la réalité est tangible, plus s'éloigne la résolution de toutes les énigmes qui entourent à la fois la petite Bijou et le narrateur.

La Seine – Elle donne son titre à la nouvelle. C'est du côté de la passerelle de Charenton, « là où la Seine et la Marne se rejoignent », que Sonia a été prise dans une rafle ; c'est sur la Seine, près de l'île de Puteaux, que Madeleine-Louis a amarré sa péniche ; dans leur promenade le narrateur et Bijou rejoignent la Seine « par la rue de Monceau et l'avenue George-V ». « La Seine passe par tous ces endroits, la Seine couleur des yeux de Bijou », note le narrateur. Et lorsqu'il est dans la péniche de Madeleine-Louis, il ajoute :

> **La Seine était en crue, cet hiver-là, et l'eau venait presque à la hauteur des hublots, une eau douce dont l'odeur de boue et de lilas envahissait le salon.**

Enfin, c'est lorsqu'il passe sur les quais de la Seine que le narrateur se souvient « de la neige de ce temps-là ». Le fleuve est donc bien le fil conducteur de la nouvelle. Il est métaphore du lien qui unit la petite Bijou et le narrateur comme du lien qui unit le narrateur à son passé. Son odeur de boue et de lilas montre assez l'ambivalence des souvenirs du narrateur : pourriture et douceur se mêlent, amertume d'une vie qui a trop côtoyé le trouble fétide du mensonge et des combines, douceur de ce moment privilégié que fut la rencontre de son enfance que lui a rendue la délicieuse présence de la petite Bijou.

L'appartement de Sonia

La nouvelle parcourt l'appartement du Cours Albert-Ier depuis le vestibule encombré de fleurs au salon, en traversant de longs couloirs qui mènent à la chambre de Bijou, à la chambre de Sonia, à la cuisine, au cabinet de toilette où l'enfant se déshabille pour la nuit. C'est un vaste appartement où le narrateur « déambule », mais il semble abandonné, « la plupart des pièces étaient vides », note le narrateur, « souvent les commutateurs ne

Les péniches accotées au quai de la Seine dans le Paris de l'après-guerre.

marchaient pas ». Il faut utiliser des torches électriques pour se déplacer, et, quand elles existent, les ampoules sont nues.

> **Sur les murs, des traces rectilignes indiquaient que des tableaux y avaient jadis été accrochés. [...] sans doute, un déménagement hâtif s'était déroulé, il n'y avait pas si longtemps.**

On trouve des « tapis roulés », des « empreintes de tableaux et de meubles sur les murs [...] comme après une saisie ». Tout dans l'appartement respire « l'installation provisoire », comme si l'on devait s'attendre à partir à tout moment, comme s'il s'agissait d'un lieu usurpé comme ceux que tant de minables filous, tant de parasites se sont appropriés dans la sombre période de la guerre, contexte simplement évoqué par les cartes d'alimentation et par cette remarque du narrateur : « la lumière de la lampe risquait d'alerter la Défense Passive ». Rien n'est dit, tout est suggéré, de possibles trafics. Bien sûr, une autre interprétation vient à l'esprit : a-t-il fallu tout vendre pour trouver de l'argent, malgré les « enveloppes » que distribue Sonia ? Les meubles sont rares, réduits à l'essentiel : dans la salle à manger, une table, une chaise de jardin rouillée et « un tabouret rehaussé d'un coussin de velours » ; dans la chambre de l'enfant, un lit, une table avec une lampe ; dans celle de sa mère, « un grand lit aux montants de satin blanc capitonné. Un téléphone par terre [...] des bouquets de roses rouges, un poudrier, une écharpe » ; ailleurs, un « canapé solitaire », des bagages. La petite fille lit un seul livre « à la couverture défraîchie : *Le Prisonnier de Zenda* ». Tout cet ensemble respire à la fois le dénuement et la pauvreté, le culte de l'apparence et le vide.

à vous...

1 – Patrick Modiano utilise beaucoup certains éléments de ponctuation : points d'interrogation, points de suspension, guillemets. Relevez-les et précisez leur rôle.

2 – Faites le relevé des notations de couleurs et montrez qu'elles participent à la création de l'atmosphère particulière du roman.

3 – Imaginez : regardez sur un plan de Paris où se situent les différents épisodes de la nouvelle et choisissez un lieu proche de ceux qui sont mentionnés. C'est là que vous ferez vivre à Bijou et au narrateur une nouvelle aventure.

4 – Faites la liste des énigmes que l'on trouve dans la nouvelle. Choisissez-en une et tentez de la résoudre.

5 – De vieux papiers, de vieilles photos que l'on retrouve, des lieux où l'on revient après une longue absence sont autant de supports pour les souvenirs. Choisissez un de ces supports et évoquez, à la manière de Modiano, un épisode réel ou rêvé de votre enfance.

Le Jour du président

Marie NDiaye

Ce lundi-là, jour de la première visite du président au Havre, elle s'éveilla le matin avec lenteur, avec pesanteur, alors même qu'elle ne pesait plus guère, elle, alors même qu'elle n'était plus depuis des semaines que légèreté et vide gargouillant – une légèreté osseuse, craquante, de poule maigre ou d'un quelconque de ces volatiles décharnés qui volaient bas sur le port en hiver, non pas la sainte légèreté indolore des elfes, des fées, qu'elle voyait filant devant ses yeux dans un effleurement de souliers dorés sur la neige, lorsque, dehors, elle devait s'asseoir pour reprendre souffle. Encore à demi endormie, elle entendit parler du président et de son arrivée prévue dans l'après-midi, à l'Hôtel de Ville. Les deux filles, ses colocataires, jacassaient en bas, leurs voix aiguës, au débit rapide et à peine entravé de nombreux : Tu vois, je veux dire, enfin c'est évident que, luttaient d'égale à égale avec le ton posé, un peu froid, de la propriétaire. Il semblait à Olga que les filles parlaient du président comme d'un ami, ou de quelqu'un qu'elles auraient bien connu puis perdu de vue et se réjouissaient de retrouver, et elle se demanda vaguement de quel président il s'agissait, puis à mesure qu'elle émergeait de son état de somnolence pâteuse il lui parut nécessaire de le savoir au plus vite. Les deux filles et la propriétaire complotaient. Elles profitaient de l'absence d'Olga – et Olga dormait de plus en plus longuement et profondément, par faiblesse – pour évoquer toutes sortes de choses utiles et monter d'avantageux projets auxquels Olga ne devait pas prendre part. Elle avait pourtant besoin, plus que toute autre, de bonnes idées pour se tirer d'affaire, elle avait besoin d'un coup de chance inopiné, d'une veine énorme. Martine et Corinne, ou peut-être était-ce Sandrine et Karine, ou n'importe lesquels de ces prénoms en « ine », les deux filles enfin, qui se disaient ses amies et l'appelaient Olganouchka car elles s'amusaient à croire qu'Olga était russe, ne tenaient pas du tout à ce qu'elle tirât son bénéfice, même infime, d'un plan juteux qu'elles auraient eu. Elles aimaient Olga dans la débine probable, dans le peu d'ambition, elles en étaient grandies et plus méritantes de fourmiller d'idées. Olga posa prudemment ses pieds sur le carrelage et s'assit au bord du lit. Comme il était ennuyeux de ne pas se rappeler précisément le prénom de ces filles ! Elle dut admettre qu'elle perdait la mémoire des détails et que ce genre d'oubli était de nature à la couper de toute relation susceptible de lui mettre le pied à l'étrier. En bas les autres discouraient toujours, ardentes, infatigables, vibrantes d'énergie insuffisamment employée. Ces deux filles avaient de l'argent. Elles n'avaient que vingt ans mais elles possédaient une carte de crédit internationale à leur nom grâce à laquelle elles pouvaient retirer, semblait-il à Olga, autant d'argent qu'elles le désiraient. Non, pour elles, l'argent n'était pas un problème. C'est autre chose qu'elles convoitaient, dont elles manquaient au point de passer des soirées entières à conspirer dans le salon de la propriétaire. Il leur fallait une forme de gloire locale, se faire connaître dans la ville et dans le département, il leur fallait devenir des figures. Elles venaient d'Étretat où tout le monde les connaissait, tandis qu'on les croisait au Havre sans les saluer ni même les remarquer. Olga venait de Veulettes-sur-Mer. « Mon père a rencontré le maire qui fréquente le président », s'écriait en bas Christine ou Aline. La propriétaire contrecarrait de sa voix raisonnable : « Quoi qu'on puisse en penser, ils ne sont pas du même bord. »

Sans trouver encore la force de se lever, ses pieds nus maigres et pâles sur les tomettes cirées (et si lointains alors qu'il lui faudrait réunir, pour les atteindre, enfiler des chaussettes, toutes les pauvres ressources éparses de la force qui lui restait), elle tâchait de ne rien laisser échapper de ce que disaient les deux filles, dans l'espoir de capter un mot, un son, qui lui feraient retrouver leurs prénoms. Comment oser descendre, si elle ne savait plus à qui elle avait affaire ? Elle se rappelait avec la plus grande précision des scènes fort éloignées dans le passé, elle revoyait nettement l'expression de sa mère quand, venue de Veulettes au Havre en autocar pour négocier avec la propriétaire le prix d'une chambre pour Olga (ma fille va apprendre la comptabilité, on l'a inscrite à la meilleure école de comptabilité du pays de Caux), elle était entrée dans la pièce que l'autre proposait, cette chambre même où Olga peinait à déployer chaque matin sa raide carcasse d'oiseau affamé, et que ses yeux étaient tombés sur la courtepointe de dentelle synthétique, sur les petits coussins ronds emballés de la même dentelle, disposés bien droits contre le mur comme des têtes coupées et qui parfois, floc, tombaient mollement sur le lit, et sa mère fascinée, envieuse, ravie pour Olga, avait noté la commode sombre au dessus de faux marbre, la pendulette dorée sous son globe poussiéreux, le vieux fauteuil crapaud retendu d'un tissu satiné, tout ce luxe imposteur, gonflé, suintant de prétention et d'hostilité, qui justifiait largement aux yeux de sa mère les mille huit cents francs mensuels, et sa mère, savait Olga, aurait dit oui à tout, aurait accepté n'importe quel prix pourvu qu'Olga, sa fille unique qui allait apprendre la comptabilité et le secrétariat, sa fille unique tout droit venue de Veulettes eût la chance et l'honneur inattendu d'apprendre ses leçons dans une chambre aussi somptueusement bourgeoise. «Tu seras comme une reine, ici», avait chuchoté la mère éblouie. La propre courtepointe de la mère, à Veulettes, était en coton léger garni de chenilles ondulantes, elle avait une commode de pin verni et ses coussins décoratifs, dépareillés (d'inconcevables couchers de soleil, des cygnes scintillants, de mélancoliques poulbots au nombril apparent) s'obstinaient à glisser dès qu'on pénétrait dans la pièce, au moindre déplacement d'air ils roulaient sur le plancher et montraient leur fermeture à glissière. L'admiration, un peu désolée et sans espoir pour elle-même qui n'aurait jamais ce goût parfait, et la reddition totale qu'elle avait vues sur le visage de sa mère (ma fille va apprendre la comptabilité, rien n'est plus désirable qu'un tapis chinois à fond rose, qu'un petit chiffonnier Louis XV aux poignées d'étain), Olga s'en souvenait avec autant de netteté que de l'odeur de naphtaline et d'assouplissant fleuri, sucré, que sa mère avait apportée de Veulettes dans les plis de sa jupe écossaise. Pourquoi, alors, lui était-il impossible de se rappeler comment se prénommaient les deux filles, les seules amies qu'elle avait au Havre? Leur apparence, lorsqu'elle les avait croisées dans le couloir en sortant de la chambre, avait trompé la mère d'Olga. Elle n'avait vu que deux grandes gamines mal fagotées, c'est-à-dire, selon sa propre idée de l'élégance distinctive des personnes bien nées, fourrées sans conscience dans de vastes salopettes de peintre en bâtiment, leurs cheveux courts hérissés, teints en roux, exactement, avait sans aucun doute pensé la mère, comme le faisaient les souillons infréquentables de Veulettes à qui on n'aurait pu faire comprendre que le bon goût et la pudeur commandent de dissimuler soigneusement les petits arrangements qu'on impose à son aspect. Elle s'était peut-être même demandé pourquoi la propriétaire accueillait des filles dans leur genre, sans soupçonner, songeait Olga avec une vague pitié, sans soupçonner la grande cheminée d'agrément, le carrelage ancien, les deux canapés en cuir se regardant de part et d'autre d'une table basse aux pieds dorés, qui constituaient parmi une multitude d'objets coûteux les banals éléments du décor habituel de ces deux filles à Étretat, dans la grosse maison de leurs parents en surplomb de la mer. Jamais elle n'aurait deviné, se disait encore Olga, que le père de l'une tenait une agence immobilière et la mère de l'autre un cabinet dentaire, ni que des gens de cette qualité pussent avoir des filles chaussées de vieilles tennis rouges sans lacets. Et peut-être était-elle passée devant elles avec un rien de condescendance, un imperceptible sentiment de supériorité en évoquant muettement le coquet pavillon de Veulettes qu'elle s'en allait rejoindre de ce pas, se pressant un peu pour ne pas rater le car. Ah, ah, songeait Olga. Ma fille va apprendre la comptabilité, nous avons fait installer une parabole sur notre toit, ma fille a toujours rêvé de devenir secrétaire-comptable, surtout dans la meilleure école du pays de Caux. La mère avait revêtu son imperméable des grands jours, couleur mastic, plus court que la jupe, et son collant était marron, toujours marron dans les chaussures grises à talons compensés. C'est presque aussi bien que Pigier, vous connaissez Pigier, eh bien c'est presque de ce niveau et au même prix, ma fille a ce rêve depuis l'enfance, travailler dans un bureau et taper à la machine pas moyen de lui ôter ça de la tête. Puis, chuchoté, hurlé dans un chuchotement : Tu seras comme une reine, ma chérie. Et la mère était prête, Olga le savait, à renoncer à beaucoup pour les frais de scolarité et d'hébergement, prête à sacrifier pour un temps les sorties à la crêperie du samedi soir, les petites virées d'un week-end à Dieppe, maintes réjouissances de ce genre avec le père d'Olga, tous deux contents de l'existence et dépensant chichement, comptant toujours, ne pouvant s'empêcher de compter. Ma fille raffole des chiffres depuis toujours, c'est bien pour ça que... Ah, notre fille, nous sommes tellement fiers d'elle, prenez soin de ses petites affaires. La mère d'Olga, croisant dans le couloir Adeline et Corinne, s'était demandé de quel droit et avec quels moyens ces deux traîne-savates vivaient chez la digne propriétaire qui l'escortait maintenant d'un pas rapide, l'affaire étant conclue, et sa surprise aurait été grande de voir ce que ces deux voisines incongrues avaient fait de leurs chambres respectives avec l'accord empressé de la dame, couvrant le tissu brillant des murs d'affiches malpropres (Power Zone ou Red Dead Electrics aux longs cheveux rouges tombant sur des guitares brandies à hauteur de sexe), entassant les coussins sous le lit, cachant la pendulette semblable à celle que la mère venait d'admirer sous un foulard aux motifs de panthère, dissimulant le petit fauteuil rose par une abondance de frusques, des équipements complets de soldat américain retour du Viêt-nam, des maillots imprimés de multiples Jésus sur sa croix, d'affirmations mensongères : I come from Texas and I fuck you, Je suis un super-papa, La place est libre. Surtout n'abîme rien, avait braillé la mère à l'oreille d'Olga, et ne va rien déranger non plus, laisse tout comme tu le trouves. À la propriétaire, en minaudant un peu, elle avait assuré : ma fille est très propre, je l'ai élevée comme ça, jamais un grain de poussière dans sa chambre. L'autre avait haussé les épaules, impatiente d'en finir et de pousser la mère dans son car, ne prenant pas la peine de préciser ce qu'Olga avait appris par la suite, que pour cinq cents francs de plus par mois (ce qui l'amenait à deux mille trois payés quatre mois à l'avance par les parents d'Étretat), les locataires avaient la permission de bousculer tout ce qu'elles voulaient dans leur chambre, d'y accrocher toutes les nudités qu'elles désiraient, d'y proclamer toutes les opinions politiques qui leur passaient par la tête. Sur le seuil, la mère s'était encore confondue en remerciements tandis que la propriétaire tentait de refermer doucement la porte, souriant machinalement, excédée d'ennui. Puis la mère d'Olga avait osé demander si elle pouvait payer à terme échu et non au début de chaque mois. Et Olga avait compris, non sans étonnement, que sa mère modeste, qui s'excusait et se justifiait dès qu'elle se croyait devant plus respectable qu'elle, n'était en vérité pas timide du tout, qu'elle avait même un aplomb impertinent, invulnérable, borné, de femme honnête et sûre de son bon droit. Sa mère n'était pas faible mais insistante et sournoise et, dans son genre tout en feintes, indélogeable. « Eh bien, pourquoi pas ? » avait murmuré l'autre, déconcertée. Mécontente ensuite, elle avait lancé qu'elle prendrait Olga au début du mois suivant, puis refermé la porte un peu brutalement. Il n'y a aucune raison de payer pour quelque chose avant d'en avoir profité. La mère avançait avec assurance dans ses chaussures confortables, elle était satisfaite et ses cheveux gris brillaient d'un éclat dur, pareils à la monture métallique de ses lunettes qui au fil des ans avaient creusé son nez de deux petites fosses rougeâtres.

– Il paraît qu'il s'adresse à vous très naturellement, le président, il paraît, c'est mon père qui me l'a dit, qu'il n'est pas fier, il paraît qu'il aime le contact avec les jeunes.

– Il paraît aussi qu'il aime les filles de notre âge, qu'il aime connaître les idées sur la vie des filles de notre âge.

– N'oubliez jamais de l'appeler « Monsieur le président », recommandait la propriétaire d'une voix sévère.

Dans le plus grand accablement, Olga avait repris avec sa mère le car pour Veulettes, la mère qui ne cachait pas sa joie d'avoir trouvé un logement aussi adéquat dans ce grand Havre qu'elle redoutait un peu. Et à la perspective de cette nouvelle existence, songeant au sinistre bâtiment de l'école de comptabilité (d'où venait à la mère l'idée qu'elle aimait les chiffres, qu'elle avait le moindre talent pour quoi que ce fût ?), songeant aux deux filles déjà soudées par mille éléments d'une culture sibylline, songeant à la chambre rose et au précieux argent qu'on allait dépenser pour elle, Olga se retenait pour ne pas vomir. Le buste de la mère se découpait sur la mer sombre, à travers les vitres sales du car elles entrevoyaient la mer qui n'était pas semblable à Veulettes et au Havre où elle leur avait paru, à toutes deux, grise et miteuse depuis la maison de la propriétaire, depuis l'étroite fenêtre du couloir où un chiche petit bout de mer terne se laissait deviner entre deux pignons.

Maintenant Olga décidait que l'une des filles s'appelait Corinne et l'autre, celle aux cheveux presque ras, Caroline. Sans se lever elle attrapa sur son lit pull et pantalon, les enfila en soufflant, déjà épuisée et lasse. Elle tira sur la ceinture jusqu'au dernier cran, fronçant la taille du jean sans parvenir à le serrer sur ses hanches saillantes, pointues. Il lui semblait que son squelette était lourd, infiniment lourd à porter. L'extrême maigreur n'était pas douce et immatérielle mais pesante, et le poids insensé des os ne diminuait pas en même temps que la chair fondait. Enfin habillée elle se dressa prudemment, dans l'attente d'un vertige qui ce matin ne vint pas. Et tandis qu'elle descendait l'escalier en se cramponnant à la rampe, les voix excitées des autres se rapprochaient, théâtrales, affectées.

– Tiens, Olganouchka, lança négligemment Caroline.

– Ce n'est pas trop tôt, dit la propriétaire.

Olga se laissa tomber sur une chaise éloignée de la table, les bols vides et les restes de tartines à demi rongées puis oubliées jonchaient la toile cirée dans le désordre habituel aux deux filles. Elles avaient chez elles, à Étretat, une femme de ménage qui venait chaque jour dès huit heures.

– Qu'est-ce que c'est que ce président dont vous parliez ? murmura Olga.

Elle implorait du regard Corinne, la plus complaisante.

– Le président vient au Havre aujourd'hui, dit Corinne. On devrait avoir des entrées pour le cocktail à l'Hôtel de Ville. On veut essayer de lui parler, quoi.

– Quel président ?

– Mais celui de... le président de la République, espèce d'endormie ! Tu croyais peut-être qu'on parlait du président du club de foot, du président de l'association des crétins du Havre ?

Et la fille fronçait les sourcils, mécontente, allumant maintenant une cigarette qu'elle écraserait, Olga le savait, après quelques bouffées, d'un geste lent, méthodique, étrangement méchant.

– Mitterrand vient au Havre ? s'étonna Olga. Aujourd'hui ?

– Pas Mitterrand, ma pauvre. Chirac. C'est Chirac, ça te dit quelque chose ?

La propriétaire et l'autre fille regardaient Olga avec une sorte de stupéfaction dégoûtée, la première blanche et froide dans sa robe de chambre bleu pâle, la peau enduite de crème, la racine de ses cheveux teints barrant son front d'un trait noir et net. Ne fais jamais confiance à une fille qui fume, disait la mère d'Olga. Elle avait dit encore, Olga s'en souvint brutalement et rougit si fort que la tête lui tourna, elle s'était écriée, victorieuse, certain soir d'un passé récent : Mitterrand, c'est fini. Vive Chirac ! Sa mère aimait Chirac à en perdre toute retenue. Comment Olga avait-elle pu l'oublier ? Les larmes lui vinrent aux yeux. Sa mémoire s'en allait en même temps que sa chair, ne restait que sa carcasse massive, accablante, et dans quelque coin obscur un océan de larmes sottes, irraisonnées, incontrôlables. Son corps privé de nourriture semblait s'emplir de cette eau amère, jusqu'à déborder parfois, comme à présent, dans la cuisine de la propriétaire, mais celle-ci et les deux filles avaient pris l'habitude de ces brusques assauts de peine imbécile et ne les remarquaient pas plus maintenant que le jeûne d'Olga. Mon Dieu (Il faut dire : Dieu Tout-Puissant, par respect, affirmait la mère), faites que je puisse boire du lait et manger une tartine, ce matin.

Olga pressa ses paumes l'une contre l'autre.

– Et est-ce que, par hasard, tout le monde peut y venir, à ce cocktail du président ?

– Certainement pas, s'écria Caroline.

– Il faut être bien pistonné pour les entrées, dit Corinne. Si tes parents connaissent quelqu'un à la mairie, même une secrétaire, alors tu as peut-être une chance.

Et sa mère, amoureuse de Chirac depuis toujours, depuis

bien avant la naissance d'Olga ? C'est Chirac que sa mère avait aimé, jamais un acteur ni un chanteur ni l'un de ces comiques à l'air averti et au débit précipité qui faisaient hurler de rire le père, dans son fauteuil. Olga imagina que sa main se tendait vers le pain posé sur la table, portait le pain à sa bouche, elle voulut mouvoir sa main vers le pain mais sa main, une fois de plus, ne bougea pas. Dieu Tout-Puissant, faites que je puisse manger ce matin.

– Mes parents ont toujours voté pour lui, murmura-t-elle.

– Ça, on s'en fiche. Ce qui compte pour toi, c'est de savoir si tu peux être introduite ou pas.

– Ma mère est folle de ce Chirac, insista Olga qui voulait pourtant se taire.

La propriétaire et les deux filles éclatèrent de rire. La propriétaire lança une plaisanterie narquoise dont Olga ne comprit pas bien le sens, où il devait être question cependant de la sexualité de sa mère. Cette propriétaire entre deux âges, blafarde et glacée, avait parfois des audaces de langage qui damaient le pion aux deux filles. Elle était divorcée. Elle se leva pesamment pour débarrasser la table. Alors Olga, sans rien dire, vit disparaître le pain, le lait, la confiture. Je ne peux pas continuer ainsi. Un jour je m'écroulerai et l'on me ramènera à la maison. Mais sa main ne pouvait bouger ni ses lèvres s'ouvrir, et sa gorge rétrécie, asséchée, ne pourrait plus jamais, lui semblait-il, laisser passer 1e moindre aliment.

– Je vais trouver le moyen d'y aller, dit-elle d'une voix ferme. Je verrai Chirac et je lui parlerai.

– Ne te contente pas de lui dire que ta vieille maman est toquée de lui, gloussa l'une des deux filles.

Et la propriétaire, fronçant ses sourcils très noirs (un peu de la teinture qu'elle utilisait bavait sur la paupière supérieure), décréta :

– Je pense qu'il n'a aucune sympathie pour les vieilles mamans de Veulettes. À ta place, je ne lui en parlerais pas du tout.

Olga les considéra tour à tour, ces trois femmes qui connaissaient si bien le président Chirac. Son estomac formait une petite boule sèche et dure qu'elle tâtait machinalement entre ses côtes énormes. Cela faisait une semaine complète qu'elle n'avait pas avalé une bouchée. Pourquoi ? se demandait-elle. Qui me dira pourquoi ? Et quel est le prénom de ce Chirac ? Elle faillit interroger Corinne, puis y renonça. Pierre, François, Louis ? Elle aurait le temps, se disait-elle, de s'informer durant la journée, si le prénom du président, que sa mère avait dû prononcer tant et tant de fois devant elle, ne lui revenait pas.

Plus tard, sous le ciel gris de ce matin-là, elle partit avec les deux filles en direction de l'école de comptabilité. Corinne et Caroline marchaient devant, leurs fines épaules bizarrement élargies par les vieilles vestes d'homme à l'ourlet décousu qu'elles aimaient porter froissées et pendouillantes. Elles s'arrêtaient à la porte de leur école de commerce, saluaient Olga d'une petite bise dure sur ses pommettes à vif. Olga feignait de continuer jusqu'à son propre établissement puis, certaine qu'elle ne serait pas vue, obliquait vers la plage. Depuis combien de temps, se demandait-elle, n'avait-elle pas mis les pieds à l'école ? Elle y était allée certainement au début de l'année car en faisant effort elle pouvait se rappeler une grande classe aux murs gris, des visages sérieux de filles conscientes des espoirs qu'on avait impitoyablement placés en leur réussite (et la mère : Olga sortira de là avec tous les atouts qu'on peut souhaiter avoir dans la vie, dans notre société d'aujourd'hui, elle sortira secrétaire-comptable et ça c'est du béton). Peut-être y était-elle allée une fois ou deux, peut-être plus, avant de tourner ses pas vers la plage et le port sitôt qu'elle avait quitté les deux filles, puis, là, de laisser passer l'heure, assise sur les galets et ne voyant rien, faible, indifférente, la gorge close et l'estomac dur. Elle ne voyait ni les mouettes, ni les cargos, ni les types inactifs, entre deux âges, qui portaient des vestes élimées semblables à celles de Corinne et Caroline et se trouvaient être ainsi, par accident, singulièrement dans le coup, qui s'approchaient d'elle avec circonspection pour lui susurrer de molles invites (ne voyaient-ils pas, eux, qu'elle n'était plus qu'un grand sac d'os pesants et rétifs à la caresse ?), puis s'éloignaient lentement en trébuchant sur les galets, revenaient, insistaient, ayant perdu tout espoir de parvenir jamais à lever une fille sur cette plage âpre et grise, mais tendant leur figure maigre, brouillée, avec une constance, une obstination machinale de poissons désœuvrés.

Ce jour-là, l'un d'eux avait avancé si près du visage d'Olga sa propre face découragée, il s'essayait si vaillamment à la séduction, tentant des blagues et des allusions aux splendeurs qu'elle cachait très certainement sous son pull (Ne fais jamais confiance, disait la mère, aux filles dont la poitrine est trop développée, ne fais jamais confiance qu'à la mesure), qu'elle le reconnut, ennuyée, pour l'avoir déjà vu là quelques fois, tournant autour d'elle. Puis elle songea qu'il saurait peut-être la renseigner, elle lui demanda :

– Connaissez-vous le prénom du président, de Chirac ?

– Qui ça ?

– Chi-rac. Son petit nom, est-ce que c'est, je ne sais pas, Gustave, Robert, Antoine ? C'est important que je sache.

Un sourire grivois hésitait sur les lèvres de l'homme. Elle vit qu'il s'ingéniait à chercher quelque chose d'égrillard dans sa question, à deviner peut-être derrière le nom de Chirac l'évocation d'un plaisir particulier.

– Je vois pas de quoi tu parles, fit-il enfin, mécontent.

– Vous n'avez jamais entendu parler de Chirac ? Mais c'est le président !

– Non, je vois pas.

Olga haussa les épaules, très abattue. Le type s'accroupit à côté d'elle et pêcha entre les galets quelques fragments de plastique qu'il fit sauter dans sa main crasseuse. Il ne souriait plus du tout, sa lèvre inférieure couvrait l'autre dans une expression butée, mauvaise.

– Vous êtes peut-être étranger, peut-être est-ce pour cela que vous ne connaissez pas notre président, reprit-elle, bienveillante.

Il la regarda alors avec un mépris outré, il cracha :

– Est-ce que j'ai une tête d'étranger ? Fais quand même attention à ce que tu dis.

Et son nez massif, un peu rouge, piqué de larges pores, gonflait d'indignation, soutenu par les petits yeux rosâtres mouillés de larmes d'alcoolique, qui maintenant s'évertuaient à émettre des éclairs de dignité blessée.

– Plus français que moi, on fait pas. Et puis l'autre, là, eh ben, il doit s'appeler Jacques, voilà, c'est ce que tu voulais.

Mais il sembla tout de suite à Olga que ce n'était pas le prénom que sa mère avait répété de si nombreuses fois. L'homme sans doute se trompait, ou cherchait à la contenter pour se voir autoriser un petit pelotage rapide. Elle se leva avec peine, déçue, sentant sa tête tourner, ses genoux trembler.

– Non, fit-elle, je ne crois pas que ce soit Jacques, je crois qu'on est même très loin d'un prénom pareil.

La sonorité lui parut soudain un peu comique, un peu ridicule, et elle ne put s'empêcher de rire, faiblement. Puis ses joues ruisselèrent de pleurs. Elle s'éloigna aussi vite qu'elle le put et l'homme n'esquissa pas un mouvement pour la suivre, elle vit en se retournant son crâne luisant et gris, ses épaules voûtées dans la vieille veste si démocratiquement identique à celle des riches jeunes filles d'Étretat.

Dans l'après-midi, après quelques heures dont elle n'avait plus le souvenir, ses pas la portèrent jusqu'à l'Hôtel de Ville. Des barrières et des policiers municipaux en protégeaient l'entrée, mais lâchement encore, et lorsqu'elle affirma être invitée au cocktail on la laissa pénétrer dans le hall. Là, une employée lui dit qu'il était encore bien tôt. On achevait tout juste de dresser les tables dans la salle de réception, le maire lui-même s'occupait encore d'un mariage à l'étage. Olga trouva une chaise dans un coin, près des guichets, et décida d'attendre là. Une agréable torpeur l'amollit, atténua l'acuité de sa vision. Elle regarda dans une demi-somnolence aller et venir toutes sortes de gens affairés, puis une clarté inattendue illumina le carrelage du grand hall. Olga se rendit compte alors que le soleil brillait enfin sur Le Havre en cet après-midi d'automne. Elle en était doucement réchauffée sur sa chaise et peu à peu lui venait la certitude que les choses s'arrangeraient, qu'un secours, quel qu'il fût, lui serait porté bientôt, très bientôt. Les flots de larmes refluaient. Quel que soit son prénom, je parlerai au président, je lui parlerai de cette horrible école et de la courtepointe de dentelle synthétique, de ma gorge nouée, de… Beaucoup de monde entrait maintenant et se dirigeait vers la salle de réception, Olga aperçut les deux filles, leurs courts cheveux orange étincelant sur leur petite tête bien droite, elle reconnut également parmi la foule la directrice de l'école de comptabilité, puis la propriétaire en grande tenue, pâle et sûre d'elle. Stupéfaite, elle vit aussi sa mère. Et elle comprit que la mère était venue voir son Chirac sans lui en dire un mot à elle, Olga, qu'elle tenait à savourer seule cette occasion unique d'approcher celui qu'elle idolâtrait depuis vingt ans. D'abord choquée et ennuyée, Olga sourit. Sa mère pouvait bien aimer à en perdre la raison, elle pouvait bien aimer son président et oublier un peu sa fille – quel mal y avait-il à cela ? La mère portait son beau tailleur gris à chevrons, un collant noir. Pour une fois, elle ne manquait pas d'allure, pensa Olga, contente. Elle redouta, l'espace d'une seconde, que sa mère rencontre la directrice de l'école de comptabilité et que celle-ci se plaigne de l'absence d'Olga, mais elle chassa cette crainte car aujourd'hui devait être un grand jour. À présent, le soleil tapait dur à travers la vitre. Son front en devenait presque douloureux. Elle le tâta, le trouva brûlant et moite. Mais, tout de même, ce soleil était une bénédiction. Le pur amour de sa mère, la lumière qui inondait soudainement la ville – Olga allait profiter de cette joie, elle aussi, et trouver son compte dans l'atmosphère brutalement électrisée, vibrante, du grand hall de la mairie où elle entendit alors une clameur sourde : Il arrive ! Elle sursauta, se secoua. Qui arrive ? La chaleur vrillait un point précis de son crâne, celui, lui semblait-il, qui recelait ses facultés de mémoire et de concentration. Qui arrive donc ? Elle entendit encore : Voilà le président ! Puis un grand brouhaha, presque un tumulte, et des figures extasiées se pressant à la porte de la salle de réception. Elle se leva d'un bond, trop violemment. Son crâne éclatait. Jamais elle n'avait ressenti un espoir pareil, non plus qu'une telle douleur entre les yeux, comme si le soleil lui-même avait pris la place de son cerveau. Elle savait pourtant qu'elle ne devait quitter un siège qu'avec la plus grande lenteur. Là-bas, la longue figure de la propriétaire avait un éclat surnaturel. Sa mère était derrière, ne voyant pas Olga, amoureuse et vibrante. Écartez-vous, le voilà ! Olga fit un saut de moineau au beau milieu du hall. Elle savait maintenant, elle se rappelait le prénom du président. C'était René. Ses jambes faiblissaient. Ses jambes n'étaient plus que deux longs brins d'herbe bien trop graciles pour porter autant d'os. Elle eut envie de s'écrier : René ! Cependant la propriétaire avait recommandé aux deux filles de lui donner toujours du : Monsieur le président. Et si ce n'était pas René ? Ses jambes en herbe se dérobèrent. Olga s'écroula sur la dalle chaude, perçut des cris et des exclamations, puis un visage aux rides multiples, un masque d'homme singulièrement coloré, maquillé, sévère, s'abaissa vers elle. Elle comprit que c'était le président – Jean ? Raymond ? Que lui dire ? La gorge nouée, elle ne pouvait que sourire.

La Nouvelle Revue Française
n° 537, octobre 1997.

Arrêt sur lecture 2

Marie NDiaye est née à Pithiviers en 1967 d'une mère bretonne et d'un père d'origine sénégalaise. Elle est mariée avec l'écrivain Jean-Yves Cendrey. Son premier ouvrage, *Quand au riche avenir,* paraît en 1984. Elle a reçu le prix Femina en 2001 pour *Rosie Carpe*. Sa pièce de théâtre *Papa doit manger* entre au répertoire de la Comédie-Française en 2003. Dans une interview donnée au mensuel *Lire* au moment de la parution de *Rosie Carpe*, elle dit souhaiter « mettre de l'étrange sans recourir à l'irréalité » et elle ajoute : « J'aime que le livre relève de l'étrangeté. Comme lorsqu'on s'approche très près d'une affiche et qu'on ne voit plus qu'une somme de petits points. Le dessin d'ensemble disparaît et la chose que l'on voit devient curieuse, bizarre, incompréhensible. » Dans le prolongement de cette idée, elle évoque son obsession pour ce qu'elle appelle « l'étrangéité » : « Le fait d'être étranger pour une raison ou pour une autre. Soit au sens propre, soit dans un sens plus figuré. » Elle parle aussi de son goût pour la cruauté : « J'aime bien, dans les histoires, essayer d'aller jusqu'à ce que je conçois comme les limites du supportable. Tout en restant plausible. À peu près. » Tout cela pourrait s'appliquer au *Jour du président.*

On pourrait résumer la nouvelle de plusieurs façons : rencontre d'une jeune fille anorexique et de Jacques Chirac; confrontation entre deux classes sociales, la petite-bourgeoisie mesquine, honnête, butée, et la

Marie NDiaye

bourgeoisie aisée de province, sûre d'elle, arrogante, à la pointe de la mode ; désespoir d'une toute jeune fille, promise à un destin qui l'accable ; sans oublier une fable étrange... C'est assez dire que la nouvelle de Marie NDiaye est protéiforme, rétive à toute interprétation trop précise, échappant sans cesse à l'analyse, amère, tragique, et pleine d'humour.

La structure de la nouvelle

La nouvelle raconte une journée, celle du « Jour du président », depuis le lever d'Olga jusqu'à sa rencontre avec le président. Cette narration est entrecoupée par la remémoration de son arrivée au Havre, qui commence ainsi :

> **Elle revoyait nettement l'expression de sa mère quand, venue de Veulettes au Havre en autocar pour négocier avec la propriétaire le prix d'une chambre pour Olga...**

Cette scène se termine par son retour à Veulettes en compagnie de sa mère, marquée par la vision, dans le car, de « la mer qui n'était pas semblable à Veulettes et au Havre où elle leur avait paru [...] grise et miteuse [...] depuis l'étroite fenêtre du couloir où un chiche petit bout de mer terne se laissait deviner entre deux pignons ». Cet enchâssement d'un souvenir récent qui occupe environ un cinquième de la nouvelle rend compte de l'incompréhension qui règne entre la mère et la fille. En effet, au début de la nouvelle, le lecteur découvre une jeune fille que l'anorexie conduit au bord de l'évanouissement, entourée de femmes totalement indifférentes à sa douleur. Ce détour par l'introspection explique – sans que rien ne soit commenté – pourquoi Olga rejette la nourriture, c'est-à-dire la vie, les autres. Ce passage est lui-même entrecoupé de retours au présent de la narration, comme pour mieux lier passé et présent, de même que de brèves incursions du passé interviennent dans le reste du récit. Après ce retour en arrière, le récit reprend jusqu'à la chute.

L'étrangeté

Un grand nombre de textes de Marie NDiaye regardent du côté du surnaturel. Qu'en est-il ici ? À première vue, il s'agit d'une histoire parfaitement inscrite dans la réalité. Pourtant le texte est émaillé de notations poétiques et irréelles :

> **Elle s'éveilla le matin avec lenteur, avec pesanteur, alors même qu'elle ne pesait plus guère, elle, alors même qu'elle n'était plus depuis des semaines que légèreté [...], non pas la sainte légèreté indolore des elfes, des fées, qu'elle voyait filant devant ses yeux dans un effleurement de souliers dorés sur la neige, lorsque, dehors, elle devait s'asseoir pour reprendre souffle.**

À la fin du texte, l'étrangeté prend la forme d'une illumination. Avec l'arrivée de Jacques Chirac, le soleil, non sans humour, se met à briller :

> **[...] aujourd'hui devait être un grand jour. [...] ce soleil était une bénédiction.**

Ce qu'elle voit autour d'elle est baigné d'une irréalité à la fois bienfaisante et douloureuse : « des figures extasiées », « un éclat surnaturel ». Pourtant, cette atmosphère qui concourt à créer l'angoisse à certains moments de la nouvelle n'empêche nullement le réalisme le plus cru. Car le texte porte en lui une charge sociale virulente, qui se développe grâce à un jeu subtil d'oppositions permanentes : opposition entre les personnages, la mère et la fille, la narratrice et les deux filles qui vivent dans la même maison qu'elle, la mère et la propriétaire, opposition entre richesse et pauvreté, opposition aussi entre les différents lieux, opposition encore entre pesanteur et légèreté, fatigue et énergie...

Des manifestations physiques

Tout au long de la nouvelle, l'anorexie est présente et les manifestations physiques qu'elle entraîne concourent au climat d'étrangeté dans lequel baigne le texte. Ces notations dessinent peu à peu le portrait d'une adolescente à bout de forces, presque comme si elle cherchait à s'extraire d'elle-même : « légèreté osseuse, craquante, de poule maigre ou d'un quelconque de ces volatiles décharnés », « ses pieds nus maigres et pâles sur les tomettes cirées », « sa raide carcasse d'oiseau affamé », « elle tira sur la ceinture jusqu'au dernier cran, fronçant la taille du jean sans parvenir à le serrer sur ses hanches saillantes, pointues », « l'extrême maigreur », « son corps privé de nourriture », « sa gorge rétrécie », « un grand sac d'os pesants », « ses jambes n'étaient plus que deux longs brins d'herbe bien trop graciles pour porter autant d'os ».

À cette maigreur s'ajoute l'extrême faiblesse qui fait d'elle une endormie, une fille ailleurs : « elle émergeait de son état de somnolence pâteuse ». Elle tente de manger mais n'y parvient pas :

> **Olga imagina que sa main se tendait vers le pain posé sur la table, portait le pain à sa bouche, elle voulut mouvoir sa main vers le pain mais sa main, une fois de plus, ne bougea pas. Dieu Tout-Puissant,**

> **faites que je puisse manger ce matin. [...] Mais sa main ne pouvait bouger ni ses lèvres s'ouvrir, et sa gorge rétrécie, asséchée, ne pourrait plus jamais, lui semblait-il, laisser passer le moindre aliment.**

Marie NDiaye propose presque une étude clinique de l'anorexie. La simplicité de l'écriture qui refuse de s'apitoyer et rend compte d'une réalité répugnante fait d'Olga un personnage bouleversant. L'anorexie provoque des troubles physiques : évanouissements, vertiges, vomissements. Elle éprouve aussi des maux de tête, souffrance qui fait l'objet d'une description presque cosmique :

> **[...] une telle douleur entre les yeux, comme si le soleil lui-même avait pris la place de son cerveau.**

Elle ne peut plus retenir ses larmes, l'angoisse l'étreint, enfin la perte de mémoire est l'élément le plus frappant de l'état terrifiant de la jeune fille qui peu à peu perd ses repères : « Sa mémoire s'en allait en même temps que sa chair. » Elle hésite sur les prénoms de ses colocataires : Martine et Corinne ? Adeline et Corinne ? Corinne et Caroline ? Marie NDiaye joue avec les sonorités et ce petit jeu, comique, rend dérisoires les deux filles et leur arrogance. Mais plus comique encore est la recherche du prénom de Chirac à laquelle se livre l'héroïne : Pierre, François, Louis ? Gustave, Robert, Antoine ? René ? Jean ? Raymond ? Le plus drôle est sans aucun doute le moment où le clochard sur la plage lui livre le bon prénom et qu'elle réplique :

> **– Non, fit-elle, je ne crois pas que ce soit Jacques, je crois qu'on est même très loin d'un prénom pareil.**
> **La sonorité lui parut soudain un peu comique, un peu ridicule, et elle ne put s'empêcher de rire.**

Marie NDiaye crée l'étrange aussi de cette façon, en riant de ce qui est tragique, comme cette perte de mémoire d'une toute jeune fille, mais en décalant le propos. La douleur devient presque comique, elle est étrange, dérangeante. En même temps, cette scène désacralise le président, en fait un homme comme un autre, et cela contraste avec l'idolâtrie que lui vouent la mère, la propriétaire, les deux filles et même Olga qui place, d'une certaine façon, tous ses espoirs en lui !

En 1968, le Belge Paul Delvaux peint *Trois femmes dans un intérieur*. Justifiez le choix de cette toile pour illustrer la nouvelle.

Pourtant, la mémoire du passé subsiste – comme chez les personnes âgées ! :

> **Elle se rappelait avec la plus grande précision des scènes fort éloignées dans le passé.**

Cette désintégration de la personne physique et mentale fait d'elle un être à part, une exclue.

L'exclusion

À distance de ses proches – Olga cherche sans cesse à continuer à exister aux yeux de ses colocataires et de la propriétaire. Celles-ci, dès le début de la nouvelle, apparaissent comme maléfiques, machiavéliques et mesquines :

> **Martine et Corinne [...] ne tenaient pas du tout à ce qu'elle tirât son bénéfice, même infime, d'un plan juteux qu'elles auraient eu. Elles aimaient Olga dans la débine probable, dans le peu d'ambition, elles en étaient grandies et plus méritantes de fourmiller d'idées.**

Ces remarques ont un statut particulier et ambigu dans la mesure où elles peuvent apparaître comme les pensées d'Olga. On ne peut donc savoir si Olga s'invente des ennemis jusque dans la maison qu'elle habite ou si les filles sont encore plus mesquines qu'elles ne sont indifférentes. L'anorexie d'Olga l'exclut de fait de la société :

> **Elle dut admettre qu'elle perdait la mémoire des détails et que ce genre d'oubli était de nature à la couper de toute relation susceptible de lui mettre le pied à l'étrier.**

Avaler de la nourriture revient, métaphoriquement, à s'intégrer. L'inquiétude liée à l'exclusion nourrit la cruauté des filles et de la propriétaire. Cette méchanceté s'exerce insidieusement quand Olga manifeste le désir de voir le président :

> **– Il faut être pistonné pour les entrées, dit Corinne. Si tes parents connaissent quelqu'un à la mairie, même une secrétaire, alors tu as peut-être une chance. [...] Ce qui compte pour toi, c'est de savoir si tu peux être introduite ou pas.**

On voit bien que la cruauté consiste à faire sentir à la jeune fille qu'elle n'appartient pas au même milieu, qu'elle ne peut pas avoir accès aux privilèges de cette bourgeoisie de province arrogante et stupide. La cruauté s'exerce aussi à l'encontre de la mère d'Olga. Quand la jeune fille révèle innocemment l'amour que sa mère porte à Chirac, elles éclatent de rire, et les sarcasmes vont bon train :

> La propriétaire lança une plaisanterie narquoise dont Olga ne comprit pas bien le sens, où il devait être question cependant de la sexualité de sa mère. [...]
> – Ne te contente pas de lui dire que ta vieille maman est toquée de lui, gloussa l'une des deux filles. [...]
> – Je pense qu'il n'a aucune sympathie pour les vieilles mamans de Veulettes.

Mais ce qui est pire encore, c'est que personne dans la maison ne semble avoir remarqué l'état dans lequel se trouve Olga, son étonnante maigreur, le fait qu'elle ne mange absolument rien : « celle-ci [*la propriétaire*] et les deux filles avaient pris l'habitude de ces brusques assauts de peine imbécile et ne les remarquaient pas plus maintenant que le jeûne d'Olga ». Cette insensibilité n'est pas sans rappeler celle qu'une majorité de la population a, par exemple, pour les sans-abri.

À distance du social – Olga s'est exclue aussi de la société en n'allant plus aux cours de comptabilité auxquels sa mère l'a inscrite : « Depuis combien de temps, se demandait-elle, n'avait-elle pas mis les pieds à l'école ? » Sa conduite la tient à la marge et elle côtoie des hommes qui, comme elle, errent sur la plage. La description de ces clochards est sans complaisance ni apitoiement, et ce regard froid porté sur ces êtres misérables montre combien Marie NDiaye refuse les clichés, le « politiquement correct » qui consisterait pour avoir bonne conscience à s'apitoyer sans distance sur les malheurs de la société. Au lieu de cela, elle place ces réalités en pleine lumière, crûment. Ainsi, plutôt que d'avoir la conscience apaisée par un apitoiement momentané, le lecteur garde en mémoire, comme quelque chose de dérangeant, l'image de ces êtres errant sur la plage et s'interroge alors sur l'état de notre société.

> Elle ne voyait ni les mouettes, ni les cargos, ni les types inactifs, entre deux âges, qui portaient des vestes élimées [...], qui s'approchaient d'elle avec circonspection pour lui susurrer de molles invites, [...] puis s'éloignaient lentement en trébuchant sur les galets, revenaient, insistaient, ayant perdu tout espoir de parvenir jamais à lever une fille sur cette plage âpre et grise, mais tendant leur figure maigre, brouillée, avec une constance, une obstination machinale de poissons désœuvrés.

L'homme qui s'approche d'elle ce jour-là est salace, vulgaire, et ne porte effectivement pas à s'apitoyer ! Voici quelques-unes des expressions qui le caractérisent : « sa propre face découragée ; tentant des blagues et des allusions ; un sourire grivois ; quelque chose d'égrillard ; sa main crasseuse ; une expression butée, mauvaise ; un mépris outré ; son nez massif, un peu rouge, piqué de larges pores ; les petits yeux rosâtres mouillés de larmes d'alcoolique ». De plus, il a un comportement raciste quand, pour expliquer qu'il ne connaît pas le nom du président, Olga pense qu'il est peut-être étranger. Marie NDiaye met dans sa bouche un verbe violent : « il cracha : Est-ce que j'ai une tête d'étranger ? Fais quand même attention à ce que tu dis », et plus loin il ajoute : « Plus français que moi, on fait pas. »

Les traits de la bourgeoisie provinciale

Le souci de l'argent

On a vu comment les filles se vantaient de leurs petits privilèges, comme celui de pouvoir assister à une réception à la mairie, on s'aperçoit aussi combien est important le rôle de l'argent. « Ces deux filles avaient de l'argent », est-il précisé tout de suite au début de la nouvelle, c'est d'ailleurs ce qui leur permet d'avoir une chambre à leur goût :

> **[...] pour cinq cents francs de plus par mois (ce qui l'amenait à deux mille trois payés quatre mois à l'avance par les parents d'Étretat), les locataires avaient la permission de bousculer tout ce qu'elles voulaient dans leur chambre, d'y accrocher toutes les nudités qu'elles désiraient, d'y proclamer toutes les opinions politiques qui leur passaient par la tête.**

Ces privilèges qui donnent aux adolescentes l'impression d'être libres ne sont donc dus qu'à l'argent, qui se montre aussi dans le cadre de vie des filles chez elles.

Marie NDiaye s'amuse à donner aux parents des deux filles des métiers respectables qui ne présentent pas d'intérêt particulier, mais qui expliquent cette aisance : « le père de l'une tenait une agence immobilière et la mère de l'autre un cabinet dentaire ». Face à cette désinvolture des filles vis-à-vis de l'argent, la mère d'Olga représente la petite-bourgeoisie étriquée, cette frange de la société, la plus importante sans doute en nombre, qui vit petitement et qui aspire sans cesse à posséder ce que possèdent ceux qui la précèdent dans l'échelle sociale.

La mère négocie tout : le prix de la chambre comme le fait de la payer à terme échu. Elle a des loisirs qui paraissent minables aux yeux d'Olga :

> **Et la mère était prête, Olga le savait, à renoncer à beaucoup pour les frais de scolarité et d'hébergement, prête à sacrifier pour un temps les sorties à la crêperie du samedi soir, les petites virées d'un week-end à Dieppe, maintes réjouissances de ce genre avec le père d'Olga, tous deux contents de l'existence et dépensant chichement, comptant toujours, ne pouvant s'empêcher de compter.**

Mais la mère n'est pas simplement décrite comme une femme timide et effacée. Son portrait est bien plus nuancé :

> **Elle avait même un aplomb impertinent, invulnérable, borné, de femme honnête et sûre de son bon droit. Sa mère n'était pas faible mais insistante et sournoise et, dans son genre tout en feintes, indélogeable.**

Cette existence en permanence préoccupée par l'argent conduit la mère à rêver pour sa fille d'une vie dans les chiffres, sans même se préoccuper de ses véritables désirs.

L'aspiration sociale

La mère n'a pas d'autre nom que sa fonction familiale, comme si elle était réduite à ce seul rôle, ce qui s'explique par le fait qu'elle n'est vue dans la nouvelle que par sa fille. Ses propos ne sont jamais introduits par le verbe « dire » par exemple, ils sont livrés directement, comme si la fille les entendait encore résonner dans sa tête, comme s'ils faisaient partie d'elle-même tant elle les a entendus. La mère rêve donc, à travers sa fille, d'un métier qui lui semble le comble du respectable puisqu'il consiste à manier les chiffres ! Elle s'enfle d'orgueil à l'idée d'une telle ascension sociale, tandis que cette aspiration conduit sa fille à refuser d'exister. « Ma fille va apprendre la comptabilité » est une phrase qui revient plusieurs fois, de façon obsédante :

> On l'a inscrite à la meilleure école de comptabilité du pays de Caux. [...] C'est presque aussi bien que Pigier, vous connaissez Pigier, eh bien c'est presque de ce niveau et au même prix, ma fille a ce rêve depuis l'enfance, travailler dans un bureau et taper à la machine pas moyen de lui ôter ça de la tête. [...] Ma fille raffole des chiffres depuis toujours, [...] nous sommes tellement fiers d'elle.

Des paroles confisquées

Si la mère a ce rêve en dépit de ce que ressent sa fille, c'est aussi parce que Olga ne dit rien devant sa mère... et pas grand-chose devant les autres ! En effet, si l'on regarde le lexique de la parole, on s'aperçoit que les filles, sûres d'elles, parlent sur un ton très haut, de façon à être nécessairement entendues : « jacassaient ; leurs voix aiguës ; débit rapide ; parlaient ; discouraient ; conspirer ; s'écrier ; les voix excitées ; gloussa ; éclatèrent de rire ». Quant à la propriétaire, elle s'exprime de façon plus raisonnable mais tout aussi audible et sûre d'elle : « ton posé, un peu froid ; contrecarrait ; de sa voix raisonnable ; proposait ; lança une plaisanterie ; d'une voix sévère ; des audaces de langage ». Une seule fois, elle perd ses moyens : quand la mère négocie la date de paiement du loyer, elle « avait murmuré, décontenancée ». Le langage de la mère, moins à l'aise, est également plus confus. Les formules qui lui sont attribuées montrent bien l'ambivalence de la mère, effacée devant les autres, autoritaire avec sa fille : « chuchoté, hurlé dans un chuchotement ; avait braillé à l'oreille de sa fille ; s'était confondue en remerciements ; avait osé demander ». Elle reprend de l'assurance lorsqu'elle doit affronter la propriétaire : « avait dit ; s'était écriée ; affirmait ; avait répété ».

En ce qui concerne l'homme qui aborde Olga, le vocabulaire qui rend compte de son langage est celui de la séduction : « susurrer ; insistait ; tentant des blagues, des allusions ; s'essayait à la séduction ». Puis la colère le fait « cracher » ses paroles. Olga, elle, malgré une tentative vers la fin du texte où elle semble reprendre de l'énergie : « elle affirma ; elle insista ; d'une voix ferme », est le plus souvent dans l'écoute des autres : « elle entendit parler du président ; elle tâchait de ne rien laisser échapper de ce que disaient les deux filles, dans l'espoir de capter un mot, un son ; elle entendit alors une clameur sourde ; elle entendit encore ; : Voilà le président ! Puis un grand brouhaha, presque un tumulte ; perçut des cris et des exclamations ». Cette écoute des autres est, on le voit, difficile, comme si tout ce qu'elle percevait venait du lointain, d'un monde auquel elle ne semble plus appartenir. Un grand nombre de notations concernent d'ailleurs une voix intérieure : « se demander (plusieurs occurrences du verbe) ; songer ; se dire (plusieurs occurrences du verbe) ; s'étonner ». D'autres évoquent des paroles niées ou à peine audibles : « murmurer (plusieurs occurrences du verbe) ; sans rien dire ; elle faillit interroger Corinne puis y renonça ; elle ne put s'empêcher de rire faiblement ; que lui dire ? ; elle ne pouvait que sourire ».

Différentes strates de la bourgeoisie

À la recherche du bon goût – Au plus bas de l'échelle bourgeoise se trouve la mère. Marie NDiaye lui donne avec beaucoup de méchanceté et d'acuité un goût digne des Deschiens. La mère habite un « coquet pavillon » :

> **La propre courtepointe de la mère, à Veulettes, était en coton léger garni de chenilles ondulantes, elle avait une commode de pin verni et ses coussins décoratifs, dépareillés (d'inconcevables couchers de soleil, des cygnes scintillants, de mélancoliques poulbots au nombril apparent) s'obstinaient à glisser dès qu'on pénétrait dans la pièce, au moindre déplacement d'air ils roulaient sur le plancher et montraient leur fermeture à glissière.**

Voilà pour la décoration intérieure, traitée avec un humour un rien obscène. Passons à sa garde-robe :

> **La mère avait revêtu son imperméable des grands jours, couleur mastic, plus court que la jupe, et son collant était marron, toujours marron dans les chaussures grises à talons compensés. [...] Ses cheveux gris brillaient d'un éclat dur, pareils à la monture métallique de ses lunettes qui au fil des ans avaient creusé son nez de deux petites fosses rougeâtres.**

On a là l'image un peu ridicule et triste d'une femme vieillissante et sans séduction, comme conservée dans la naphtaline et préservée de la moindre aventure. D'autre part, la mère a un certain nombre de certitudes :

> **À la propriétaire, en minaudant un peu, elle avait assuré : ma fille est très propre, je l'ai élevée comme ça, jamais un grain de poussière dans sa chambre.**

Tel est, selon elle, le comble de la bonne éducation, avoir une fille dont elle vante, comme elle le ferait d'un chien, l'exquise propreté ! Quant aux deux adolescentes qu'elle croise dans le couloir, elles ne sont pour elle que des « traîne-savates » parce qu'elle ne décode pas leur façon de se vêtir et de se tenir.

À cela s'ajoutent les rêves de la mère qui sont non seulement d'avoir une fille qui travaille dans un bureau, mais aussi de posséder le même ameublement que la propriétaire : « Rien n'est plus désirable qu'un tapis chinois à fond rose, qu'un petit chiffonnier Louis XV aux poignées d'étain », pense la mère. Elle a pour tout cela une « admiration, un peu désolée et sans espoir pour elle-même qui n'aurait jamais ce goût parfait ». Elle tient pour le comble du chic d'avoir une chambre meublée comme celle que loue Olga, alors que Marie NDiaye montre avec un humour féroce que les deux gamines riches ont mis leurs chambres à sac ! La mère appartient à cette petite-bourgeoisie fière de ce qu'elle possède et qui n'a pas compris les codes qui régissent le niveau socialement supérieur au sien. Et sans cette compréhension, l'accès à cet échelon lui est irrémédiablement interdit. L'auteur nous montre d'ailleurs combien les codes sont invisibles à celui qui n'appartient pas au même milieu : « les deux filles déjà soudées par mille éléments d'une culture sibylline ».

Entre le vrai et le faux – Dans sa chambre du Havre, Olga a une « courtepointe de dentelle synthétique, [...] les petits coussins ronds emballés de la même dentelle, disposés bien droits contre le mur comme des têtes coupées et qui parfois, floc, tombaient mollement sur le lit, [...] la commode sombre au dessus de faux marbre, la pendulette dorée sous son globe poussiéreux, le vieux fauteuil crapaud retendu d'un tissu satiné ». Ce goût-là est encore pire que celui de la mère parce qu'il respire le faux (synthétique, faux marbre) ou le décrépi (poussiéreux, vieux). Olga ne s'y trompe pas qui parle de « tout ce luxe imposteur, gonflé, suintant de prétention et d'hostilité ». Pour conforter cette

Voici Le Havre, la plage et le front de mer. D'après ce que vous savez de l'histoire de la ville, pourquoi les bâtiments sont-ils si modernes ?

impression, la propriétaire est « entre deux âges, blafarde et glacée », elle se teint comme les filles, triche sur son apparence alors que la mère, elle, accepte ses cheveux gris.

Victimes de la mode – Les deux filles viennent d'Étretat « où tout le monde les connaissait, tandis qu'on les croisait au Havre sans les saluer ni même les remarquer », elles aspirent donc à « une forme de gloire locale », dit l'auteur en s'en moquant. Elles font disparaître les horreurs et les vieilleries entassées dans leurs chambres en « couvrant le tissu brillant des murs d'affiches malpropres (Power Zone ou Red Dead Electrics aux longs cheveux rouges tombant sur des guitares brandies à hauteur du sexe) [...], dissimulant le petit fauteuil rose par une abondance de frusques, des équipements complets de soldat américain retour du Viêt-nam, des maillots imprimés de multiples Jésus sur sa croix, d'affirmations mensongères : I come from Texas and I fuck you, Je suis un super-papa, La place est libre ». L'effet produit par cette accumulation est évidemment comique, il épingle bien la mode des adolescents « branchés », et met l'accent sur ce que ce disparate comporte non seulement de sottises mais surtout de tricheries. Leur aspect physique conforte ce point de vue. Ces deux gamines bourgeoises qui ont une femme de ménage sont « fourrées sans conscience dans de vastes salopettes de peintre en bâtiment, leurs cheveux courts hérissés, teints en roux », sont chaussées de « vieilles tennis rouges sans lacets », l'une a les « cheveux presque ras ». Elles portent des « vieilles vestes d'homme à l'ourlet décousu qu'elles aimaient porter froissées et pendouillantes » et se transforment ainsi, pour rire, en pauvres ! Cette idée est filée quand la narration décrit l'accoutrement des clochards sur la plage « qui portaient des vestes élimées semblables à celles de Corinne et Caroline et se trouvaient être ainsi, par accident, singulièrement dans le coup ». Ces deux fausses pauvresses, dont on voit à la réception les « courts cheveux orange étincelant sur leur petite tête bien droite » – expression qui marque assez l'étroitesse de leur intelligence et de leur esprit – écrasent leurs cigarettes « après quelques bouffées, d'un geste lent, méthodique, étrangement méchant ».

à vous…

1 – Ni la chambre d'Olga à Veulettes, ni celles des filles à Étretat ne sont décrites. Pourquoi ? En quoi sont-elles nécessairement différentes de celles qu'elles occupent au Havre ? Justifiez vos réponses.

2 – Repérez ce qui concerne les lieux. Quelle image leur description donne-elle de la Normandie ? En quoi est-ce que cela concourt à l'atmosphère qui se dégage de la nouvelle ?

3 – Elle rêvait d'être un elfe, une fée, au début de la nouvelle. Peut-on dire qu'elle l'est à la fin ? Justifiez votre réponse.

4 – Travail d'écriture : Imaginez deux suites pour cette nouvelle. Dans la première, Chirac l'invite à l'Élysée, dans la seconde, Olga meurt.

Pourquoi ?

Alain Spiess

La première fois que je suis entré dans cette maison de Passy, au moment même où Vanessa me disait *tu seras bien ici,* j'ai su, en entendant le double déclic de la grande porte de verre qui se refermait derrière nous, que nul ne pouvait l'ouvrir de l'intérieur pour sortir sur le perron, et comme ma sœur, surprise par le bruit du verrouillage automatique, tournait machinalement la tête, le docteur Sernin posa la main sur la mienne et dit *pourquoi ne serait-il pas bien ?* En cet après-midi de la fin juin, debout dans le hall où, malgré la fraîcheur bienfaisante de la maison, je savais que mon visage devait ruisseler de sueur, je m'étais souvenu du bruit de la clé de la porte de ma chambre, tournée chaque jour de l'extérieur par mon père ou ma mère, pour éviter que je sorte la nuit, avais-je entendu dire, et, dans le hall vide, en ce début d'après-midi, aux côtés de ma sœur qui venait de dire *nous voilà !* je me revoyais le soir dans mon lit, guettant l'approche des pas dans le couloir, attendant l'enclenchement de la serrure pour pouvoir m'endormir. *Bien !* avait dit le docteur Sernin en se tournant vers moi, *nous allons rester tous les deux*, et Vanessa avait mis sa main sur mon épaule en guise d'au revoir, comme elle avait l'habitude de le faire, et, tandis que je la regardais s'éloigner en direction de la porte de verre, je voyais le jardin clos de hauts murs de pierre et je me disais à *présent je suis ici*, tout comme le soir, dans ma chambre, quand, plus grand, absorbé par le puzzle qu'elle m'offrait chaque Noël, je disais *me voilà chez moi !* une fois la clé tournée pour la nuit. Un soir pourtant, pensais-je en entendant résonner les pas de Vanessa sur les dalles du hall, Anna, notre bonne anglaise, n'avait pas fermé la porte de ma chambre à clé, comme elle aurait dû le faire, après avoir emporté le plateau de mon dîner. J'aimais les jours où ma mère disait *ce soir il dîne dans sa chambre*, car j'étais sûr de trouver sur mon plateau le saumon mariné, les raviolis fourrés à la ricotta, l'éclair au chocolat, et, le repas terminé, j'entendais l'arrivée des invités, les allées et venues d'Anna entre la cuisine et la salle à manger, puis enfin, tandis que je cherchais parmi les pièces en bois de mon puzzle un morceau de ciel, le bruit des conversations dans le salon, de l'autre côté du mur de ma chambre. *Un instant*, avait dit le docteur Sernin à Vanessa qui, la main sur la poignée, regardait les peupliers pleureurs en attendant l'ouverture de la porte. Le soir du concert, me disais-je, les yeux fixés sur Vanessa, j'avais su, avant l'arrivée des invités, que la porte de ma chambre n'avait pas été fermée à clé, et je m'étais promis d'aller voir Vanessa jouer sur le piano apporté le matin même, un vrai piano de concert, plus grand que celui sur lequel elle avait voulu un jour m'apprendre à jouer. *Tu ne parles pas, mais toi aussi tu peux faire ça*, avait-elle dit en me montrant comment placer les doigts, et, comme je m'étais mis aussitôt à taper de toutes mes forces avec les poings sur le clavier, elle avait dû aller chercher de l'aide pour que l'on vienne m'arracher du tabouret, si bien que depuis ce jour-là, je n'avais plus eu le droit d'entrer dans sa chambre, même pas pour l'écouter assis sur son lit *pour ne pas la déranger*, disait ma mère. Le soir du concert, après toutes ces années où j'avais entendu chaque jour le piano de ma chambre, je me faufilai dans le couloir dès le début du premier morceau et je regardai jouer Vanessa par la porte du salon restée entrouverte. Debout dans le hall de la maison de Passy, seul en cet après-midi de juin, j'avais entendu le mécanisme de la grande porte de verre actionnée par le docteur Sernin s'ouvrir, et je vis Vanessa, enfin libérée, sortir sans se retourner, et, à ce moment-là, je pensais à la fin du concert dans le salon de notre appartement à Paris : je m'étais précipité vers elle au milieu des applaudissements, et, arrivé tout près du piano, je m'étais arrêté, car elle souriait à ceux qui l'applaudissaient, comme elle le ferait probablement plus tard après chacun de ses récitals, elle souriait sans me voir, et moi, j'étais là, sans sentir immédiatement la main qui s'était posée sur mon épaule. *Venez,* avait dit le docteur Sernin en me prenant le bras, et ainsi, le jour de mon arrivée à la maison de Passy, je suis sorti du hall accompagné par le docteur Sernin, comme, des années auparavant, j'étais sorti du salon de notre appartement de Paris au bras de notre bonne Anna, après avoir vu pour la première fois les invités, dont j'avais entendu, un soir ou un autre, les voix derrière le mur de ma chambre, tandis que ma mère disait, sur le ton de l'excuse, au moment où Anna m'essuyait le visage, *il a cessé de parler à la naissance de sa sœur.*

Aujourd'hui, après des années, je me souviens de mon arrivée ici avec Vanessa, quelques mois avant la disparition du docteur Sernin dans un accident de voiture, et je me dis, détournant les yeux des pièces d'ivoire de mon puzzle, que depuis que je suis dans cette maison de Passy, je ne suis pas une seule fois sorti dans le jardin que je regarde à présent de la fenêtre de ma chambre. Le matin où Vanessa est venue s'asseoir sur mon lit et m'a dit, en me posant la main sur l'épaule, *maman est morte cette nuit*, j'ai fermé un instant les yeux, pensant aussitôt qu'il me faudrait quitter notre appartement où nous avions vécu tous les deux ces dernières années. Ma sœur venait toujours dîner une fois avec nous au cours de ses brefs séjours à Paris, et, à cette occasion, ma mère préparait elle-même le repas, et cherchait à faire de ces soirées une petite fête : elle sortait les nappes brodées, les verres anciens et l'argenterie que je n'avais jamais vus, réservés autrefois, du temps où mon père vivait encore, pour les réceptions auxquelles je n'avais jamais assisté. Vanessa parlait de Londres, de Munich, de Jérusalem où elle venait de donner des concerts. Ma mère disait *oui, je me souviens, avec ton père...* tandis que moi, regardant ma sœur assise en face de moi, de l'autre côté du candélabre en argent dont elle voulait toujours éteindre les bougies, pour m'éviter de transpirer, je pensais au puzzle qu'elle venait de me donner. *Tiens*, disait-elle en arrivant, *c'est pour toi*, et je me précipitais dans ma chambre où j'arrachais le papier d'emballage, lisant sur le couvercle le titre du sujet, le format et le nombre de pièces, seules indications offertes à l'amateur de puzzles sans modèle découpés artisanalement dans le bois, avant d'ouvrir la boîte pour en examiner le contenu.

Et aujourd'hui, regardant à présent les hauts murs du jardin, pensant incidemment que, du jour au lendemain, sans en souffrir, j'avais perdu le désir de sortir, je me souviens de la déception ressentie en voyant le dernier puzzle que devait m'offrir Vanessa, quand, à la place du *Northern Moors* de dix mille pièces figurant au catalogue de la maison Hardby,

Pott and Hardby, et depuis longtemps promis, elle m'avait tendu un paquet du format d'un petit album, que j'avais mis de côté, sans même l'avoir ouvert. Et aujourd'hui, après toutes ces années passées dans cette chambre, absorbé par mes puzzles, je me souviens aussi que le matin de la mort de ma mère, après que Vanessa se fut levée de mon lit, j'avais pensé *plus personne ne me promènera, plus personne ne me parlera, plus personne ne m'embrassera*, et quelques jours plus tard j'étais ici, un après-midi de juin, debout dans le hall, seul, et je regardais Vanessa descendre les marches du perron. Ma grande table sur laquelle je faisais mes puzzles dans notre appartement de Paris avait été apportée la veille dans ma chambre, mais, je ne sais pourquoi, dans les premiers temps de mon installation ici, j'avais hésité à sortir mes boîtes, je restais allongé sur mon lit des journées entières à attendre l'entretien avec le docteur Sernin, qui, comme tant d'autres, mais contrairement à ses successeurs, avait espéré me rendre la parole. Vanessa est venue me voir, puis m'a envoyé de temps à autre des cartes postales des villes où elle donnait ses concerts. Un jour, après la mort du docteur Sernin, me semble-t-il, j'ai sorti une des boîtes de l'armoire, j'ai disposé les pièces de bois sur la table, et, du matin au soir, je les ai assemblées avec patience, face à cette fenêtre d'où je regarde à présent les hauts murs de pierre blanche qui commencent à rosir sous la lumière du soleil couchant. Quand j'ai su que Vanessa ne viendrait plus me rendre visite, j'ai consulté le catalogue de Hardby, Pott and Hardby, *puzzle makers*, et j'ai fait, me dis-je, ce que peut-être personne n'a jamais fait de sa vie : j'ai construit ici, dans la maison de Passy, enfermé dans cette chambre du premier étage, sans jamais voir personne, à l'exception des aides-soignantes et des infirmières qui, quand elles passent faire mon lit ou apporter mon linge et mes médicaments, profitent de l'occasion pour m'essuyer le visage, oui, me dis-je à présent, j'ai construit les soixante-quinze puzzles de plus de sept mille cinq cents pièces proposés par la maison de Londres. Il y a tout juste huit jours, j'ai achevé le dernier, le plus beau, le plus difficile d'entre tous, le *Northern Moors*, et, après avoir placé la dernière pièce, tandis que je regardais, enfin complète, la grande lande du Yorkshire reconstituée, j'ai pensé au dernier soir où Vanessa était venue nous rendre visite, avant la mort de ma mère, et je me suis revu dans l'entrée de notre appartement de Paris, prendre, la rage au cœur, la petite boîte enveloppée de papier noir. Ainsi, il y a une semaine, me souvenant du dernier puzzle de Vanessa que j'avais mis de côté, sans même en enlever le papier, j'ai ouvert par désœuvrement le paquet, et, au moment où j'ai lu sur l'écrin laqué de rouge : *Indian Delights*, je me suis souvenu qu'elle m'avait dit l'avoir acheté chez un antiquaire de Chelsea et qu'elle n'en connaissait pas le degré de difficulté. Aujourd'hui je le sais, ce puzzle miniature aux innombrables pièces taillées dans l'ivoire est le jeu le plus difficile que j'aie jamais eu à faire. Voici sept jours que j'examine une à une ces pièces qui paraissent toutes d'un bleu identique, sept jours passés, la loupe à la main, à essayer d'assembler, sans le moindre succès, les minuscules morceaux d'ivoire, sept jours au bout desquels je ne parviens toujours pas à imaginer ce que peuvent représenter ces *Indian Delights*, et c'est pourquoi, au soir du septième jour, lassé par un effort aussi infructueux, je regarde le jardin pour me délasser les yeux, et je repense à l'après-midi de juin où je l'ai traversé au bras de Vanessa pour venir m'installer ici, dans cette maison dirigée alors par le docteur Sernin. Je me dis que je savais déjà, au moment où ma sœur m'avait dit *tu seras bien ici*, qu'il allait me falloir vivre sans compagnie, caché à la vue des autres et, de fait, depuis la dernière visite de Vanessa, depuis la mort du docteur Sernin, j'ai passé toutes ces années sans voir personne, enfermé dans cette chambre du premier étage, comme j'avais été enfermé autrefois dans ma chambre de l'appartement de Paris, pour ne pas déranger Vanessa, pour ne pas effrayer les invités, incapable alors de parler, comme je l'étais déjà quand Anna, notre bonne anglaise, nous emmenait au parc Monceau et que, regardant Vanessa jouer avec les autres enfants, je ne cessais de me dire, transpirant sous mon bonnet de coton blanc, *demande-lui de jouer avec toi*, incapable de parler, comme je le suis aujourd'hui, où, tout en regardant les pierres des murs s'empourprer, remontent à présent en moi le visage gêné de mon père et de ma mère, le sourire indulgent de Vanessa, le mouchoir de lin blanc avec lequel Anna m'essuyait le visage, tandis que résonne dans ma tête, de plus en plus douloureusement, ce mot que j'ai toujours gardé en moi, et que je voudrais à présent crier de toutes mes forces : *pourquoi ?*

Arrêt sur lecture 3

Alain Spiess est né à Paris en 1940. Il vit à Vincennes depuis 1981. Il est marié et a un fils. Il a écrit cinq romans et deux recueils de nouvelles et est également traducteur. *Pourquoi ?* est paru en 1997 et a obtenu le prix Renaissance de la nouvelle 1998. C'est la première nouvelle d'un recueil qui en comprend sept et auquel elle donne son titre. Voici un bref résumé des six autres nouvelles. Dans *George Ashenbaum*, une femme enfermée dans une vie luxueuse qu'elle déteste tait toute sa vie ses doutes sur la paternité de son fils. Dans *Bornemouth*, un enfant fait une fugue après la mort de sa mère pour tenter de rejoindre la ville d'où elle venait. Dans *Les Bonnes Choses*, une mère qui a toujours promené sa mélancolie d'hôtel en restaurant raconte le suicide de son fils, qui l'accompagnait dans toutes ses villégiatures et ses haltes gastronomiques. Le narrateur des *Mimosas*, invalide et désormais muet à la suite d'une hémiplégie, assiste impuissant à la conversation de sa femme avec deux de ses amis et apprend qu'il va être mis dans une maison de repos des environs. Dans *Alzheimer*, seul texte satirique du recueil, le narrateur écoute à la terrasse d'un café son ami le docteur Vernaud lui parler de la maladie d'Alzheimer dont est atteint un de ses clients, un écrivain célèbre, tout en prêtant une oreille aux propos de deux jeunes banquiers assis non loin d'eux et en déplorant sa digestion douloureuse due à ses excès de table. Enfin *À demain* évoque l'agonie du père, son

Alain Spiess

dernier soir à l'hôpital. On voit donc que souvenirs et enfermement forment la trame de cet ensemble de textes.

La quête impossible

L'enfermement

Pourquoi? est avant tout l'histoire d'un enfermement. Après avoir « enfermé » sa parole, le narrateur a été « enfermé » dans sa chambre par ses parents, pour que sa sœur travaille dans le calme, avant d'être

« enfermé » par cette même sœur dans une maison pour malades mentaux, et de « s'enfermer » lui-même dans la chambre qui lui a été attribuée dans la clinique du docteur Sernin.

Une chambre fermée à clé – En effet, le narrateur évolue dans un univers rétréci réduit à deux lieux : l'appartement de Paris et la maison de Passy. Et à l'intérieur de ces deux lieux, il réduit encore son univers, comme s'il avait besoin de se lover dans un monde rassurant, une sorte de matrice représentée par la chambre. Dans l'appartement parisien, ses rares incursions au-delà du lieu qui lui est imparti sont immédiatement réprimées. Ainsi, profitant d'un oubli de la bonne, Anna, qui n'a pas fermé la porte de sa chambre à clé, le narrateur s'aventure un soir où Vanessa donne un concert jusqu'à la porte du salon, comme s'il s'interdisait lui-même d'aller plus loin :

> **[...] Je me faufilai dans le couloir dès le début du premier morceau et je regardai jouer Vanessa par la porte du salon restée entrouverte.**

Il est rappelé à l'ordre sans un mot dès qu'on s'aperçoit de sa présence :

> **[...] et moi, j'étais là, sans sentir immédiatement la main qui s'était posée sur mon épaule. [...] j'étais sorti du salon de notre appartement de Paris au bras de notre bonne Anna.**

Il semble donc qu'à l'époque de sa jeunesse, cet enfermement dont il ne se plaint nullement ait pourtant été douloureux puisqu'il lui est arrivé de tenter de s'échapper, plus, il est vrai, pour partager la musique avec sa sœur, plus peut-être aussi pour voir les invités, inconnus jusque-là, que pour accéder à la liberté. Mais quitter la chambre, c'est prendre le risque de montrer son anormalité, son étrangeté, perceptibles le jour où Vanessa cherche à lui apprendre à jouer du piano :

> **[...] comme je m'étais mis à taper de toutes mes forces avec les poings sur le clavier, elle avait dû aller chercher de l'aide pour que l'on vienne m'arracher du tabouret.**

Les puzzles – Lorsque le père meurt, la sœur s'éloigne et l'on n'invite plus personne. L'univers du narrateur s'agrandit alors à l'ensemble de l'appartement qu'il partage avec sa mère. Et il semble qu'il y ait là

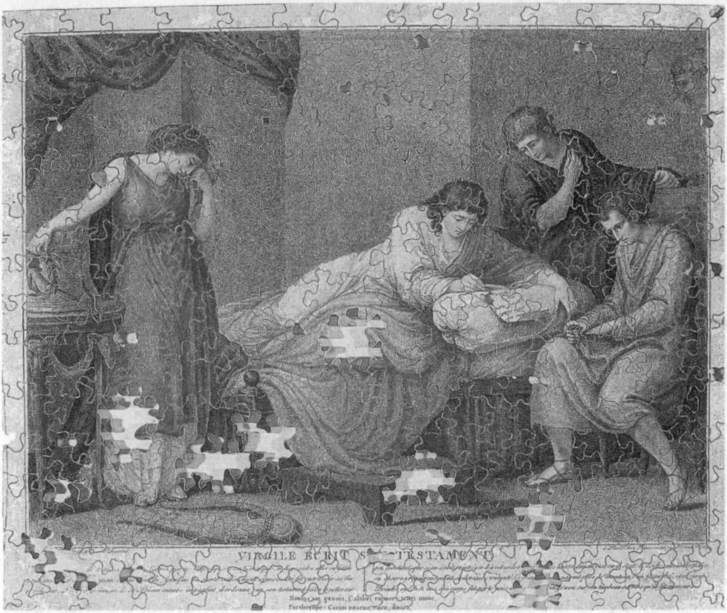

Un puzzle inventé par Auguste Legrand (1765-1815) pour distraire Joséphine de Beauharnais. Vous en reconstituerez sans mal le titre.

une période presque heureuse, à laquelle toutefois la mort de la mère met un terme : « j'ai fermé un instant les yeux », commente-t-il quand Vanessa lui apprend ce décès, comme s'il savait que pour lui aussi une partie de la vie était désormais morte.

Le deuxième temps de la vie du narrateur commence alors dans la maison de Passy où sa sœur le conduit. Dans cet villa, l'univers pourrait s'étendre au hall de la maison et même au jardin, mais il est, au contraire, réduit à une chambre où il reste allongé sur son lit, avant de décider de s'adonner à la construction des puzzles du catalogue de Hardby, Pott and Hardby. Les seuls lieux qui étaient évoqués dans l'appartement parisien – le hall ou l'entrée, le salon et bien sûr la chambre – trouvent leurs pendants dans la maison de Passy :

> **Je ne suis pas une seule fois sorti dans le jardin que je regarde à présent de la fenêtre de ma chambre.**

La référence fréquente aux murs du jardin : « les hauts murs du jardin », « ce jardin clos de hauts murs de pierre », « les hauts murs de pierre blanche qui commencent à rosir sous la lumière du soleil couchant », « tout en regardant les murs s'empourprer », accentue l'impression d'enfermement. L'adjectif « haut » évoque, sans rechercher le pathétique, des murs de prison. Pourtant le narrateur précise : « pensant incidemment que, du jour au lendemain, sans en souffrir, j'avais perdu le désir de sortir ».

Exclusion et solitude – Si l'enfant se voit exclu des jeux de sa sœur et de ses amis, plus tard le jeune garçon est caché aux invités des parents. Ainsi, lorsqu'il sort de sa chambre pour venir écouter Vanessa jouer du piano, sa mère s'adresse à ses invités « sur le ton de l'excuse », et, quand il repense à ses parents, remonte en lui leur « visage gêné ». Quand sa mère prépare, après la mort du père, des repas exceptionnels auxquels il participe, ce n'est pas pour lui, mais pour honorer Vanessa :

> **Ma sœur venait toujours dîner une fois avec nous au cours de ses brefs séjours à Paris, et, à cette occasion, ma mère préparait elle-même le repas, et cherchait à faire de ces soirées une petite fête : elle sortait les nappes brodées, les verres anciens et l'argenterie que je n'avais jamais vus, réservés autrefois, du temps où mon père vivait encore, pour les réceptions auxquelles je n'avais jamais assisté.**

Dès que la mère meurt, il prend définitivement conscience de sa solitude :

> **[...] j'avais pensé** *plus personne ne me promènera, plus personne ne me parlera, plus personne ne m'embrassera*, **et quelques jours plus tard j'étais ici, un après-midi de juin, debout dans le hall, seul.**

Dans le deuxième temps de sa vie, le docteur Sernin s'intéresse à lui et cherche à lui rendre la parole. Mais le médecin meurt dans un accident de voiture et le jeune homme a pour seule compagnie les aides-soignantes et les infirmières.

Des sensations interdites
À cet être sans parole, il semble que toute sensation soit interdite, comme anesthésiée. Dans la nouvelle pourtant, les cinq sens sont peu ou prou convoqués.

Le goût ou le plaisir des repas – Ainsi lors des soirées données par la famille et dont il est exclu, il éprouve la joie de se voir servir un repas qu'il aime : « J'aimais les jours où ma mère disait *ce soir il dîne dans sa chambre*, car j'étais sûr de trouver sur mon plateau le saumon mariné, les raviolis fourrés à la ricotta, l'éclair au chocolat. » Il est tout à fait remarquable de constater que c'est là la seule occurrence du verbe aimer. Il ne sera jamais employé pour une personne, comme si tout amour reçu ou donné lui eût été une fois pour toutes refusé. Il ne sera pas davantage utilisé à propos de sa seule occupation, le puzzle. Malgré cet unique plaisir lié à la gourmandise, aucune notation ne relève de l'odorat, comme si manger en étant privé de toute convivialité était une joie tronquée, incomplète.

Poser la main – Le sens du toucher est davantage présent, mais il a comme une empreinte douloureuse. C'est simplement au moment de la mort de sa mère que nous apprenons qu'elle l'embrassait, quand ses baisers ne pourront plus exister, seront interdits, niés à tout jamais : « *plus personne ne m'embrassera* ». La seule relation physique qu'il semble avoir avec autrui se réduit à peu de manifestations : la main qu'on lui met sur l'épaule ou sur le bras pour le retenir, et son visage couvert de sueur que l'on essuie. La main appartient à la première période de la vie du narrateur, c'est le geste par excellence de Vanessa envers son frère : « Vanessa avait mis sa main sur mon épaule en guise d'au revoir », « Vanessa m'a dit, en me posant la main sur l'épaule, *maman est morte cette nuit* », « je l'avais traversé [*le jardin de la maison de Passy*] au bras de Vanessa pour venir m'installer ici ». Le soir où il écoute Vanessa jouer pour les invités, « j'étais là », dit-il, « sans sentir immédiatement la main qui s'était posée sur mon épaule ». On ne sait pas à qui appartient cette main, est-ce celle d'Anna ou celle de la mère ? Il ajoute d'ailleurs : « j'étais sorti du salon [...] au bras de notre bonne Anna ». C'est le même geste qu'aura le docteur Sernin, le dernier à croire encore à une guérison possible : « *Venez*, avait dit le docteur Sernin en me prenant le bras». Puis, même ce geste disparaît et le seul contact qui subsiste se fait par l'intermédiaire d'un mouchoir avec lequel on lui essuie le visage. Le narrateur semble donc réduit à ne toucher que des objets, mais même cela, sa maladresse le lui interdit. Ainsi est-il exclu du salon le jour où il tape sur le piano au lieu d'y poser ses doigts comme Vanessa cherche à le lui enseigner. Il ne lui reste plus à toucher que les minuscules pièces des puzzles, que, paradoxalement, il manie avec dextérité.

V comme voir ou comme Vanessa – Le narrateur serait donc réduit à voir, mais regarder lui est peu à peu interdit. La seule fois où il voit Vanessa jouer et, par conséquent, découvre les invités, il est très vite ramené dans sa chambre. Pourtant, la seule personne qu'il semble vouloir vraiment voir est sa sœur. Dès l'enfance, c'est comme à la dérobée qu'il regarde «Vanessa jouer avec les autres enfants» ou qu'il la regarde avec intensité jouer du piano le soir du concert. Plus tard encore, dans la maison du docteur Sernin, il regarde «Vanessa descendre les marches du perron». Mais ce regard ne lui est jamais rendu : le soir du concert, Vanessa «souriait sans me voir» et dans la maison de Passy, en attendant l'ouverture de la porte au verrouillage automatique, il remarque que «Vanessa regardait les peupliers pleureurs» et, «enfin libérée», elle sort «sans se retourner». Faute d'échange, il ne lui reste plus qu'à regarder le jardin pour se «délasser les yeux», regarder «les pierres des murs s'empourprer», quand il ne se concentre pas sur un puzzle : «je regardais, enfin complète, la grande lande du Yorkshire reconstituée». Et le dernier regard s'avère «infructueux», puisqu'il est confronté aux pièces d'ivoire du dernier puzzle offert par Vanessa :

> **Voici sept jours que j'examine une à une ces pièces qui paraissent toutes d'un bleu identique, sept jours passés, la loupe à la main, à essayer d'assembler, sans le moindre succès, les minuscules morceaux d'ivoire, sept jours au bout desquels je ne parviens toujours pas à imaginer ce que peuvent représenter ces *Indian Delights*.**

Entendre le dehors et le dedans – Dans la première partie de sa vie, parce que son champ de vision est réduit, il cherche à entendre et les bruits rythment son existence. Bruit de voix, tout d'abord, bruit de

Michael Rothenstein peint *Regard derrière le mur* : commentez ce choix pour illustrer *Pourquoi ?*

vie : « j'entendais l'arrivée des invités, les allées et venues d'Anna entre la cuisine et la salle à manger, puis enfin, [...] le bruit des conversations dans le salon, de l'autre côté du mur de ma chambre ». Il semble que personne ne lui parle réellement, qu'il soit réduit à surprendre des conversations ou qu'il cherche à entendre le son du piano : « je n'avais plus eu le droit d'entrer dans sa chambre, même pas pour l'écouter assis sur son lit », « j'avais entendu chaque jour le piano de ma chambre ». Il écoute aussi le bruit des portes qui se ferment : « en entendant le double déclic de la grande porte de verre qui se refermait derrière nous », « le bruit du verrouillage automatique », le « bruit de la clé de la porte de ma chambre, tournée chaque jour de l'extérieur par mon père ou ma mère », « attendant l'enclenchement de la serrure pour pouvoir m'endormir », « une fois la clé tournée pour la nuit », « j'avais entendu le mécanisme de la grande porte de verre actionnée par le docteur Sernin s'ouvrir ». Puis ces bruits, qui soulignent tout ce à quoi il n'a pas accès, font place aux seuls sons intérieurs du narrateur : « tandis que résonne dans ma tête, de plus en plus douloureusement, ce mot que j'ai toujours gardé en moi, et que je voudrais à présent crier de toutes mes forces : *pourquoi ?* »

Souffrir

Le corps souffrant – Cet être au premier abord impassible est en fait un corps souffrant. Pourtant, la seule manifestation de chagrin qu'il montre, au moment où il perd à la fois sa mère et l'appartement dans lequel il a toujours vécu, est un clignement de paupières : « j'ai fermé un instant les yeux, pensant aussitôt qu'il me faudrait quitter cet appartement ». Son cri, quoique tout intérieur, est suffisamment important pour donner son titre à la nouvelle, et même au recueil. La seule chose qu'il laisse transparaître est la sueur qui inonde son visage et que chacun essuie et s'efforce de masquer : « elle voulait toujours éteindre les bougies pour m'éviter de transpirer ». Le narrateur laisse la sueur le couvrir comme s'il voulait manifester aux yeux de tous son malheur et sa souffrance de ne pas parler.

Une parole interdite – Depuis la naissance de sa sœur, il a cessé de parler. Cette parole interdite que le docteur Sernin est le dernier à tenter de lui rendre devient pour lui évidemment obsédante. Ainsi le verbe « dire » est-il employé une vingtaine de fois dans la nouvelle, rapportant les conversations qu'il entend ou faisant état, sous forme pronominale, de son monologue intérieur qui se réduit au fil du temps à ce questionnement lancinant : Pourquoi ?

Le puzzle

Le narrateur tente de répondre à cette quête incessante en s'absorbant dans la construction obsessionnelle de puzzles qui apparaissent alors comme une métaphore de sa vie brisée, à laquelle il tente de donner un sens. La référence au puzzle est constante dans la nouvelle : c'est, pour le narrateur, une occupation de tous les instants et dans tous les lieux qu'il habite. Les allusions aux puzzles se font de plus en plus fréquentes et de plus en plus angoissantes au fur et à mesure que l'on avance dans la nouvelle, comme si plus le temps le rapprochait de la mort, plus le narrateur cherchait une réponse, impossible à trouver. Le dernier puzzle, celui sur lequel se clôt la nouvelle, est une métaphore du titre. Pour autant, la question reste définitivement sans réponse.

Mais, alors qu'il pense avoir rangé et classé sa vie en ayant terminé les soixante-quinze puzzles sans modèle du catalogue londonien et alors qu'il regarde le dernier qu'il a construit, le plus beau, ce *Northern Moors* que sa sœur lui avait refusé, il est rattrapé à cause de Vanessa une fois encore. En effet, le jeu de petit format, « la petite boîte enveloppée de papier noir » qu'il avait jusque-là mise de côté « par déception », s'avère impossible à faire :

> **Voici sept jours que j'examine une à une ces pièces qui paraissent toutes d'un bleu identique, [...] sept jours au bout desquels je ne parviens toujours pas à imaginer ce que peuvent représenter ces *Indian Delights*.**

On imagine le narrateur s'abîmant dans le bleu infini des petits morceaux d'ivoire, se noyant, se confondant dans cette immensité bleue comme dans le cosmos, dans un temps définitivement arrêté.

Le rôle du souvenir

Dans cette nouvelle, le temps semble dilué, sans repère précis. Des faits s'enchaînent mais dans une chronologie indécise et distendue. Cette nébuleuse du temps, le narrateur cherche à la retenir par le souvenir. La mémoire fonctionne toujours par association d'idées, parfois indiquée, parfois simplement signalée par une juxtaposition :

> **La première fois que je suis entré dans cette maison de Passy, [...] en entendant le double déclic de la grande porte de verre [...], je m'étais souvenu du bruit de la clé de la porte de ma chambre, tournée chaque jour de l'extérieur [...] je me revoyais le soir dans mon lit, guettant l'approche des pas dans le couloir, attendant l'enclenchement de la serrure pour pouvoir m'endormir.**

Le verbe « se souvenir » sert à déclencher le souvenir et à le poursuivre dans une mise en abyme assez vertigineuse. En effet, le temps de la narration (« aujourd'hui ») est sans cesse traversé par des souvenirs qui, eux-mêmes, appellent d'autres remémorations. Ces souvenirs renvoient parfois à un épisode précis – par exemple, le soir où il est allé écouter le concert de Vanessa dans le salon, ou le jour de l'annonce de la mort de sa mère, ou le jour de son arrivée dans la maison de Passy, ou le jour où il a commencé le puzzle d'ivoire –, soit à des événements qui se sont répétés dans le temps : les soirs où on lui apportait un plateau dans sa chambre, ou la porte de sa chambre que l'on fermait à clé, ou les soirs où Vanessa venait dîner quand il habitait avec sa mère.

Le verbe « se souvenir » peut ainsi soit servir d'intermédiaire entre un souvenir et un autre, soit introduire directement le souvenir. Par exemple, alors que le narrateur se souvient, au début de la nouvelle, de son arrivée dans la maison de Passy, il écrit : « je m'étais souvenu du bruit de la clé de la porte de ma chambre », souvenir qui surgit à cause du bruit de la porte de la maison de Passy… d'où il ne peut pas sortir ! Ces souvenirs naviguent donc d'un enfermement à l'autre. Dans ce cas, il y a bien mise en abyme des souvenirs. Par contre, plus loin, le souvenir intervient directement à partir du temps de la narration : « Aujourd'hui, après des années, je me souviens de mon arrivée ici avec Vanessa… » C'est encore le cas à la fin de la nouvelle, quand il se souvient du moment où il a commencé le puzzle d'ivoire : « Ainsi, il y a une semaine, me souvenant du dernier puzzle de Vanessa […], j'ai ouvert par désœuvrement le paquet, et, au moment où j'ai lu sur l'écrin laqué de rouge : *Indian Delights*, je me suis souvenu qu'elle m'avait dit l'avoir acheté chez un antiquaire de Chelsea… »

D'autres expressions se substituent au verbe « se souvenir » : « penser », « dire », « se revoir », « remonter en soi ». Enfin, certains souvenirs arrivent sans ces intermédiaires verbaux. Par exemple, il se souvient du soir où il a regardé Vanessa jouer et la phrase se termine ainsi : « j'étais là, sans sentir immédiatement la main qui s'était posée sur mon épaule ». La phrase suivante commence ainsi : « *Venez*, avait dit le docteur Sernin en me prenant le bras ». Les deux souvenirs, très éloignés dans le temps, se juxtaposent sans intermédiaire, le lien étant simplement fait par le bras qui entraîne le narrateur vers sa chambre de l'appartement, dans la première évocation, de la maison de Passy, dans la seconde.

Cet afflux de souvenirs concourt à l'impression d'étrangeté qui se dégage de la nouvelle, alors même que rien n'est jamais dit de cette étrangeté. Tout est là dans cette façon de ne pas dire, mais de suggérer, de créer une atmosphère.

à vous...

1 – Faites le relevé des différents temps du passé. Dans quel(s) contexte(s) chacun de ces temps est-il utilisé ? Pourquoi ?

2 – Étudiez le personnage de Vanessa.

3 – Travail d'écriture : Le narrateur vit dans deux lieux précis tout au long de sa vie. Faites la description de ces lieux tels que vous les imaginez, en vous appuyant sur des éléments donnés dans le texte.

Bilans

Questions de style

Un pedigree de Modiano : un récit autobiographique

Patrick Modiano a publié chez Gallimard en 2005 *Un pedigree,* un texte qui commence ainsi : « Je suis né le 30 juillet 1945, à Boulogne-Billancourt, 11 allée Marguerite. » Modiano est né à Boulogne, comme le narrateur de *La Seine* et comme Sonia, la fille Blache, mais pas à la même adresse, ni à la même époque. Sa mère, nous apprend-il, suit « des cours d'art dramatique » et ne se préoccupe guère de son fils : « C'était une jolie fille au cœur sec. Son fiancé lui avait offert un chow-chow mais elle ne s'occupait pas de lui et le confiait à différentes personnes, comme elle le fera plus tard avec moi. » Sonia semble donc avoir un équivalent dans la vie réelle. Modiano montre ensuite comment son père vit d'expédients, d'affaires louches. Il est parfois obligé d'engager des objets au mont-de-piété. Un soir, l'écrivain entend les huissiers emporter « tous les costumes, les chemises et les chaussures de mon père. Quel stratagème », ajoute-t-il, « avait-il employé pour éviter qu'ils saisissent les meubles ? ». Sans doute l'auteur a-t-il pensé à cet épisode en imaginant l'appartement à moitié vide de Sonia. Son père a un bureau sur les Champs-Élysées dont, précise l'auteur, « je n'ai jamais pu découvrir la raison sociale ». Il travaille aussi dans « une de ces officines auxquelles on accède par de nombreux ascenseurs le long des arcades du Lido ». Madeleine-Louis lui emprunte donc quelques traits ! Plus tard, il a un bureau au 1, rue Lord-Byron. Il « utilise une carte d'identité au nom de son ami Henri Lagroua ». Lui aussi a donc une double identité. Il est juif et recherché. Après la guerre, en 1951, la famille s'installe quai de Conti :

« Au troisième étage, nous entendions [son frère et lui] des voix et des éclats de rire, dans la chambre voisine de la nôtre où ma mère recevait ses amis de Saint-Germain-des-Prés. Je la voyais rarement. Je ne me souviens pas d'un geste de vraie tendresse ou de protection de sa part. Je me sentais toujours un peu sur le qui-vive en sa présence. »

Modiano se souvient qu'en 1962 sa mère s'était installée « au troisième étage de l'appartement, où il ne reste aucun meuble sauf un canapé défoncé ». On retrouve bien là le lexique du dévasté, du vide qui est également celui de la nouvelle. Les promenades du narrateur et de Bijou doivent aussi beaucoup à celles de Modiano :

« De l'autre côté de la Seine, mystères de la cour du Louvre, des deux squares du Carrousel et des jardins des Tuileries où je passais de longs après-midi avec mon frère. »

Les lectures sont semblables : « J'ai rêvé sur deux livres à cause de leurs titres : *Le Prisonnier de Zenda* et *Le Cargo du mystère.* » La neige qui baigne toute la nouvelle, on la retrouve aussi dans *Un pedigree* : l'auteur, alors qu'il est en pension, regarde la neige : « cette neige, je lui ai toujours trouvé quelque chose d'émouvant et d'amical ». Le livre se termine par la victoire de Modiano sur l'atmosphère trouble qu'il avait connue pendant son adolescence. Son premier livre vient d'être accepté :

« Ce soir-là, je m'étais senti léger pour la première fois de ma vie. La menace qui pesait sur moi pendant toutes ces années, me contraignant à être sans cesse sur le qui-vive, s'était dissipée dans l'air de Paris. J'avais pris le large avant que le ponton vermoulu ne s'écroule. Il était temps. »

Marie NDiaye, un art de la distanciation

Le Jour du président met en scène un microcosme social. Si les plus riches sont ridiculisés, on ne peut pas non plus plaindre les plus pauvres. Seule l'héroïne apparaît comme une victime. Pourtant son calvaire n'est jamais larmoyant. L'art de Marie NDiaye est celui de la distanciation.

L'humour évite tout pathos, tout misérabilisme. La fin de la nouvelle, qui voit paradoxalement le triomphe d'Olga, arrivée à ses fins grâce à l'anorexie qui la fait s'évanouir juste aux pieds de Chirac, est drôle, émouvante même, un peu inquiétante aussi. Car Marie NDiaye n'est jamais là où on l'attend, elle traque les clichés, les situations convenues, pour nous donner une image cruelle de la réalité. Les sales types libidineux et racistes, les mères abusives et possessives – il est remarquable que la mère n'ait pas de nom, juste une fonction : la mère ! –, les propriétaires avides d'argent, les gamines stupides et gâtées, tout ce petit monde s'acharne sur Olga... et pourtant la nouvelle raconte la revanche d'Olga !

Une langue savoureuse – Marie NDiaye travaille une langue qui accepte le familier, voire le trivial, une langue qui pourrait avoir l'air d'être proche de la langue parlée mais qui en fait joue avec les sons, les reprises, les rythmes différents, et devient par là même extrêmement vivante, poétique, musicale, inattendue puisqu'elle n'hésite pas à faire cohabiter l'imparfait du subjonctif et l'argot : « les deux filles [...] ne tenaient pas du tout à ce qu'elle tirât son bénéfice, même infime, d'un plan juteux qu'elles auraient eu. Elles aimaient Olga dans la débine probable ». L'auteur revivifie ainsi la langue, lui rendant une saveur souvent perdue dans l'écriture parfois aseptisée d'aujourd'hui.

Le statut du narrateur – Le statut du narrateur est ambigu. Il semble qu'il s'agisse d'un narrateur omniscient dans la mesure où il pénètre dans les consciences des personnages. En fait un grand nombre d'éléments sont vus comme si nous étions dans la pensée d'Olga. Ainsi, les marques suivantes montrent bien que l'on suit les hésitations d'Olga, ses peurs, ses oublis, ses incertitudes : « Il semblait à Olga que... elle se demanda vaguement... elle était allée certainement... peut-être y était-elle allée... » Les propos ou les pensées de la mère semblent également venir de la pensée d'Olga. Ainsi, les modalisateurs montrent qu'Olga fait des hypothèses, imagine ce que sa mère fait ou pense : « avait sans aucun doute pensé la mère... elle s'était peut-être demandé... peut-être était-elle passée devant elles avec un rien de condescendance ». Les parenthèses rendent compte également des propos supposés – parce que habituels – de la mère : « (ma fille va apprendre la comptabilité, on l'a inscrite à la meilleure école de comptabilité du pays de Caux) » ou « (ne fais jamais confiance, disait la mère, aux filles dont la poitrine est trop développée, ne fais jamais confiance qu'à la mesure) ».

Pourtant, à d'autres moments du texte, le narrateur est bien extérieur. Par exemple : « Elle ne voyait ni les mouettes, ni les cargos, ni les types inactifs... » Cette absence d'un narrateur fixe, précis, est une des composantes du climat d'étrangeté. À la lecture, on ne sait pas toujours avec précision qui parle, en particulier dès que l'on quitte la satire sociale, comme s'il était difficile de cerner la pensée des personnages, comme si leur vérité nous échappait sans cesse.

L'installé, un personnage récurrent dans l'œuvre d'Alain Spiess

Le narrateur de *Pourquoi?* est un « installé », un narrateur entièrement tourné vers le passé, son seul avenir se reflétant dans l'infini bleu du dernier puzzle. Ce personnage sans avenir est aussi un personnage sans identité : sa sœur a un nom, la bonne également, le médecin qui l'accueille aussi, mais lui, privé de parole et de mots, n'en a pas. Il est juste l'être de l'enfermement, l'homme aux puzzles. Il est celui qu'on a installé une fois pour toutes dans un lieu sans avenir. Il emploie d'ailleurs le mot « installation » : « dans les premiers temps de mon installation ici, j'avais hésité à sortir mes boîtes ». Et cela renvoie à un livre antérieur d'Alain Spiess, paru en 1995, *Installation*. Dans ce roman, le narrateur décide un jour, après la mort de sa mère, sans souffrance et même de façon jubilatoire, de ne plus jamais sortir de son appartement parisien où il se distrait en construisant des puzzles. La différence évidente entre les deux personnages est que le narrateur du roman a fait un choix alors que celui de la nouvelle est contraint à l'installation, même s'il choisit « sans souffrir » de ne pas quitter sa chambre. La différence entre ces deux œuvres proches l'une de l'autre dans leur thématique tient aussi au ton. *Pourquoi?* est une œuvre sans pathos, mais dont la tonalité quasi métaphysique est tragique. *Installation* est une œuvre souvent drôle, d'un humour parfois noir, mais néanmoins très présent, comme on peut en juger dans l'extrait qui suit. Il s'agit de la première page du livre :

« Depuis le jour où je me suis installé définitivement, me dis-je, au moment même où la concierge Trappenier vient de refermer la porte d'entrée, depuis le jour où j'ai décidé de ne plus sortir pour quelque raison que ce soit, je n'ai plus eu véritablement le désir de penser à avant, même s'il m'est arrivé, ou m'arrive encore, de me laisser surprendre par un souvenir, comme ce matin, par exemple, quand l'odeur de suri que j'ai cru déceler en passant devant la porte de la salle à manger m'a rappelé celle de la cave dans laquelle mon père avait fini par installer sa bibliothèque. Ma mère avait alors obstinément refusé de descendre dans la cave de notre appartement de la place des Ternes pour y voir l'aménagement de la nouvelle bibliothèque, et j'avais été chargé, à la mort de mon père, de m'occuper des livres, que je vois encore, à moitié moisis au contact des murs humides, entassés sur le tapis de Chine prêts à être emportés à la décharge. »

Et voici la dernière phrase du livre :

« Avec mes puzzles bien en place dans les tiroirs du meuble prévu à cet effet, mes pièces de monnaie rangées dans leurs boîtes au fond de la penderie de la chambre d'amis, et les sacs en plastique soigneusement entreposés, je suis heureux, me dis-je, assis dans le salon de l'appartement de la place Daumesnil, je suis heureux d'être parfaitement installé. »

à vous...

Les trois auteurs ont accepté de répondre à quelques questions. Leurs réponses ont fourni les supports des travaux d'écriture qui vous sont proposés ici.

1 – Patrick Modiano s'interroge sur la nécessité de diversifier les points de vue pour rendre compte d'une situation. Dans la nouvelle

La Seine, il dit qu'il cherchait un point de vue, « comme un photographe », et qu'il a choisi de prendre celui de la petite Bijou, rendant ainsi les autres personnages caricaturaux. Mais il reprend cette même histoire dans d'autres romans : _La Petite Bijou, De si braves garçons_, comme pour proposer au lecteur de voir ainsi, en variant les approches, tout le mécanisme du récit, « comme une montre dont on verrait l'horlogerie », précise-t-il.
Montrez comment l'angle de vue choisi par Patrick Modiano dans la nouvelle rend l'enfant émouvante et proche de nous.

2 – Le texte de Modiano se passe pendant l'Occupation, mais, dit l'auteur, « la nouvelle est plutôt intérieure. J'ai souvent pensé, ajoute-t-il, que ce que j'écrivais ne pouvait parler que de maintenant. Cette manière floue, étrange, hésitante de raconter est sans doute liée à notre époque d'incertitudes ».
Peut-on considérer en effet _La Seine_ comme un portrait de notre époque ?

3 – « De même qu'on dit d'une phrase qu'elle est "déplacée", de mauvais goût, cette fille, Olga, se sent déplacée, hors de propos, à côté des choses. Mais il y a une intention humoristique dans ce texte avec l'apparition de Chirac. Pour moi c'est un texte léger, un peu drôle – en tout cas, je l'espère. »
Que pensez-vous de cette déclaration de Marie NDiaye à propos de sa nouvelle _Le Jour du président_ ?

4 – Alain Spiess parle de son amour de la musique, omniprésente dans sa vie, et dit chercher une prose rythmée, musicale qui entraîne le lecteur à poursuivre sa lecture, « qui tire le lecteur comme une marche », précise-t-il.
Montrez comment, dans _Pourquoi ?_, la structure des phrases et leur rythme envoûtent le lecteur et le font pénétrer dans les méandres de la conscience du narrateur.

5 – L'enfermement est un thème récurrent dans l'œuvre d'Alain Spiess. « Rester dans un endroit clos, c'est arrêter le flux de la vie afin de la classer, de lui donner cohérence et sens. » De la même façon, le

puzzle devient métaphore de cette quête de sens. C'est aussi pourquoi des personnages se retrouvent d'un livre à l'autre, comme dans *Pourquoi ?* et dans *Ruine*, par exemple. « Quand on lit les deux textes, dit-il, on a l'impression de se trouver en territoire connu. Cela procure un petit plaisir comme quand on relie deux pièces d'un puzzle. »
Montrez en quoi le puzzle révèle bien cette tentative de mettre en ordre sa vie.

6 – Alain Spiess voit une similitude dans l'écriture des deux nouvelles, la sienne et celle de Modiano. Il parle ainsi, à propos de *La Seine*, d'« une déambulation dans les rues de Paris et dans des appartements, d'un itinéraire sans fin, pour trouver une réponse à une inquiétude existentielle, pour trouver l'harmonie entre soi et le monde », et, à propos de *Pourquoi ?*, d'« une déambulation cloîtrée, d'un ressassement sans fin, d'un itinéraire immobile, pour répondre à la question qui taraude. Deux écritures, dit-il, qui refusent le commentaire et donnent à voir deux quêtes impossibles, deux images de nous tous qui cherchons. »
Comment justifieriez-vous ces propos, à la lecture des deux nouvelles ?

Bibliographie

Pour s'intéresser à la nouvelle :

Lire la nouvelle, Daniel Grojnowski, Armand Colin, collection Lettres sup, 1994.

Pour poursuivre sa lecture, une sélection d'œuvres des trois auteurs :

Patrick Modiano

Tous les livres de Patrick Modiano sont édités aux Éditions Gallimard, collection Blanche, et la plupart sont réédités en Folio. La date donnée est celle de la première parution, le numéro qui suit est celui de la collection Folio :

La place de l'Étoile, 1968, 698.
La ronde de nuit, 1969, 835.
Les boulevards de ceinture, 1972, 1033.
Lacombe Lucien, 1974 (adapté au cinéma par Louis Malle).
Villa triste, 1975 (adapté au cinéma par Patrice Leconte sous le titre *Le parfum d'Yvonne*), 953.
Rue des boutiques obscures, 1978, 1358.
Livret de famille, 1977, 1293.
De si braves garçons, 1982, 1811.
Dimanches d'août, 1986 (adapté au cinéma par Manuel Poirier, sous le titre *Te quiero*), 2042.
Catherine Certitude, illustrations de Sempé, 1988, 4298.
Dora Bruder, 1997, 3181 et dans « La bibliothèque Gallimard » n° 144.
La Petite Bijou, 2001, 3766.
Un pedigree, 2005.

Marie NDiaye
Les textes de Marie NDiaye sont édités aux Éditions de Minuit :
Quant au riche avenir, 1985.
La femme changée en bûche, 1989.
En famille, 1991.
Un temps de saison, 1994.
Hilda, 1999.
Rosie Carpe, 2001.
Papa doit manger, 2003 (théâtre).
Les serpents, 2004.
Au Mercure de France, *Autoportrait en vert*, 2005.

Alain Spiess
Opéra d'ombres, Flammarion, 1984.
Voyage d'hiver, Criterion, 1992.
Installation, Gallimard/L'Arpenteur, 1995.
Pourquoi ? Gallimard/L'Arpenteur, 1997.
Anniversaire, Gallimard/L'Arpenteur, 2000.
Une méprise, Le Rocher, 2004.
Ruine, Gallimard/L'Arpenteur, 2004.

TABLE DES MATIÈRES

Dans la même collection

Collège – Texte et dossier

25 fabliaux (74)
50 poèmes en prose (anthologie) (113)
Dracula et compagnie (9 nouvelles) (162)
La Bible (textes choisis) (73)
La création du monde (anthologie) (163)
La farce de maître Pathelin (117)
La poésie engagée (anthologie) (68)
La poésie lyrique (anthologie) (91)
Le ghetto de Varsovie (anthologie) (133)
Le roman de Renart (textes choisis) (114)
Lettres de 14-18 (anthologie) (156)
Les mille et une nuits (textes choisis) (161)
Rome (anthologie bilingue) (118)
Victor Hugo, une légende du 19e siècle (anthologie) (83)
Homère, Virgile, Ovide – **L'Antiquité** (textes choisis) (16)
Guillaume Apollinaire – **Calligrammes** (107)
Marcel Aymé – **Les contes du chat perché** (contes choisis) (55)
Honoré de Balzac – **La maison du Chat-qui-Pelote** (134)
Honoré de Balzac – **La vendetta** (69)
Pierre-Marie Beaude – **La maison des Lointains** (142)
Robert Bober – **Quoi de neuf sur la guerre ?** (56)
Robert de Boron – **Merlin** (textes choisis) (164)
Évelyne Brisou-Pellen – **Le fantôme de maître Guillemin** (18)
Blaise Cendrars – **L'or** (135)
Raymond Chandler – **Sur un air de navaja** (136)

Chrétien de Troyes – **Le chevalier au lion** (65)
Arthur Conan Doyle – **Le chien des Baskerville** (75)
Pierre Corneille – **La place royale** (124)
Pierre Corneille – **Le Cid** (7)
Jean-Louis Curtis, Harry Harrison, Kit Reed – **3 nouvelles de l'an 2000** (43)
Didier Daeninckx – **Meurtres pour mémoire** (35)
Roald Dahl – **Escadrille 80** (105)
Alphonse Daudet – **Lettres de mon moulin** (42)
Michel Déon – **Thomas et l'infini** (103)
Régine Detambel – **Les contes d'Apothicaire** (2)
André Dhôtel – **Un adieu, mille adieux** (111)
François Dimberton, Dominique Hé – **Coup de théâtre sur le Nil** (41)
Alexandre Dumas – **La femme au collier de velours** (57)
Georges Feydeau – **Feu la mère de Madame** (47)
Émile Gaboriau – **Le petit vieux des Batignolles** (80)
Romain Gary – **La vie devant soi** (102)
Théophile Gautier – **Le roman de la momie** (157)
William Golding – **Sa Majesté des Mouches** (97)
Victor Hugo – **L'intervention** (119)
Franz Kafka – **La métamorphose** (128)
Eugène Labiche – **Un chapeau de paille d'Italie** (17)
Jean de La Fontaine – **Fables** (choix de fables) (52)
J.M.G. Le Clézio – **Pawana** (112)
Gaston Leroux – **Le cœur cambriolé** (115)
Virginie Lou – **Un papillon dans la peau** (166)
Marie de France – **Lais** (146)

Marivaux – **Arlequin poli par l'amour** et **La surprise de l'amour** (152)
Guy de Maupassant – **13 histoires vraies** (44)
Prosper Mérimée et *Théophile Gautier* – **Carmen** et **Militona** (158)
Prosper Mérimée – **Mateo Falcone** et **La Vénus d'Ille** (76)
Molière – **George Dandin** (87)
Molière – **L'Avare** (66)
Molière – **Le bourgeois gentilhomme** (33)
Molière – **Le malade imaginaire** (110)
Molière – **Le médecin malgré lui** (3)
Molière – **Les femmes savantes** (34)
Molière – **Les fourberies de Scapin** (4)
James Morrow – **Cité de vérité** (6)
Arto Paasilinna – **Le lièvre de Vatanen** (138)
Charles Perrault – **Histoires ou contes du temps passé** (30)
Marco Polo – **Le devisement du monde** (textes choisis) (1)
Jules Romains – **Knock** (5)
Edmond Rostand – **Cyrano de Bergerac** (130)
Antoine de Saint-Exupéry – **Lettre à un otage** (123)
George Sand – **La petite Fadette** (51)
Jorge Semprun – **Le mort qu'il faut** (122)
John Steinbeck – **La perle** (165)
Robert Louis Stevenson – **L'île au trésor** (32)
Jonathan Swift – **Voyage à Lilliput** (31)
Michel Tournier – **Les Rois mages** (106)
Paul Verlaine – **Romances sans paroles** (67)
Jules Verne – **Le château des Carpathes** (143)

Lycée – Texte et dossier

Béroul – **Tristan et Yseut** (mythe) (63)
Albert Camus – **Le premier homme** (160)
Emmanuel Carrère – **L'Adversaire** (120)
François-René de Chateaubriand – **Les aventures du dernier Abencerage** (170)
Chrétien de Troyes – **Perceval ou Le Conte du Graal** (125)
Pierre Corneille – **L'illusion comique** (45)
Dai Sijie – **Balzac et la Petite Tailleuse chinoise** (167)
Robert Desnos – **Corps et biens** (153)
Denis Diderot – **Jacques le fataliste et son maître** (149)
Denis Diderot – **Supplément au voyage de Bougainville** (104)
Annie Ernaux – **Une femme** (88)
Fénelon – **Les Aventures de Télémaque** (116)
Gustave Flaubert – **Un cœur simple** (58)
Jérôme Garcin – **La chute de cheval** (145)
Théophile Gautier – **Contes fantastiques** (36)
Jean Genet – **Les bonnes** (121)
André Gide – **La porte étroite** (50)
Jean Giono – **Un roi sans divertissement** (126)
Goethe – **Faust** (mythe) (94)
Nicolas Gogol – **Nouvelles de Pétersbourg** (14)
J.-C. Grumberg, P. Minyana, N. Renaude – **3 pièces contemporaines** (89)
Guilleragues – **Lettres portugaises** (171)
E.T.-A. Hoffmann – **L'homme au sable** (108)
Victor Hugo – **Les châtiments** (13)
Victor Hugo – **Le dernier jour d'un condamné** (46)
Eugène Ionesco – **La cantatrice chauve** (11)

Sébastien Japrisot – **Piège pour Cendrillon** (39)
Alfred Jarry – **Ubu roi** (60)
Thierry Jonquet – **La bête et la belle** (12)
Franz Kafka – **Le procès** (140)
Madame de Lafayette – **La princesse de Clèves** (86)
Jean Lorrain – **Princesses d'ivoire et d'ivresse** (98)
Naguib Mahfouz – **La Belle du Caire** (148)
Marivaux – **Le jeu de l'amour et du hasard** (9)
Roger Martin du Gard – **Le cahier gris** (53)
Guy de Maupassant – **Bel-Ami** (27)
Guy de Maupassant – **Une vie** (26)
Henri Michaux – **La nuit remue** (90)
Patrick Modiano – **Dora Bruder** (144)
Molière – **Dom Juan** (mythe et réécritures) (84)
Molière – **L'école des femmes** (71)
Molière – **Le Misanthrope** (61)
Molière – **Le Tartuffe** (54)
Montaigne – **De l'expérience** (85)
Montesquieu – **Lettres persanes** (lettres choisies) (37)
Alfred de Musset – **On ne badine pas avec l'amour** (77)
Franck Pavloff – **Après moi, Hiroshima** (127)
Marcel Proust – **Combray** (131)
Raymond Queneau – **Les fleurs bleues** (29)
Raymond Queneau – **Loin de Rueil** (40)
Jean Racine – **Andromaque** (70)
Jean Racine – **Bérénice** (72)
Jean Racine – **Britannicus** (20)
Jean Racine – **Phèdre** (25)

Jean Renoir – **La règle du jeu** (15)
Shan Sa – **La joueuse de go** (150)
William Shakespeare – **Roméo et Juliette** (78)
Georges Simenon – **La vérité sur Bébé Donge** (23)
Catherine Simon – **Un baiser sans moustache** (81)
Sophocle – **Œdipe roi** (mythe) (62)
Stendhal – **Le rouge et le noir** (24)
Stendhal – **Vanina Vanini, Mina de Vanghel, Les Cenci** (141)
Anton Tchekhov – **La cerisaie** (151)
Villiers de l'Isle-Adam – **12 contes cruels** (79)
Voltaire – **Candide** (48)
Francis Walder – **Saint-Germain ou La négociation** (139)
Émile Zola – **La curée** (19)
Émile Zola – **Au Bonheur des Dames** (49)

Lycée – L'œuvre en perspective

Estelle Piolet-Ferrux commente **Les planches courbes** d'Yves Bonnefoy (169)

Cet ouvrage a été composé
et mis en page par Dominique Guillaumin, Paris,
et achevé d'imprimer
sur les presses de l'imprimerie Hérissey
en mars 2006.
Imprimé en France.

Dépôt légal : mars 2006
N° d'imprimeur : 101128
N° d'éditeur : 141687
ISBN 2-07-033718-9